# Tüm BDSM

## Arka Giriş

## Erika Sanders

Tüm BDSM
Arka Giriş


Erica Sanders


Tüm BDSM

# Özet

Aşağıdaki romanlardan oluşur:
Arka Giriş
Dar Popo Deliği
Arka Girişi Keşfetmek
Riskli Geri Bahis

**Tüm BDSM,** güçlü erotik BDSM içeriğine sahip bir roman ve yine yüksek romantik ve erotik BDSM içeriğine sahip bir roman serisi olan **Hakimiyet ve Erotik Boyun Eğme'dan yeni bir roman.**
(Tüm karakterler 18 yaşında veya daha büyüktür)

# Yazara not:

Erika Sanders, yirmiden fazla dile çevrilmiş ve alışılagelmiş nesirinden uzak, en erotik yazılarına kızlık soyadıyla imza atan uluslararası üne sahip bir yazardır.

# dizin

# TÜM BDSM
# ARKA GIRIŞ
# ERIKA SANDERS

# ARKA GİRİŞ

# BİRİNCİ BÖLÜM
# YILDÖNÜMÜ SÜRPRİZİ

13

# BÖLÜM I

Lisede en iyi arkadaşlardı. Ve o zamandan beri en iyi arkadaşlar olarak kaldılar.

Büyük şehirde yaşayan, kendi kariyerleri ve yoğun hayatları olan yetişkinler olmalarına rağmen, yine de haftada en az bir kez şehir merkezindeki bir kafede buluşup hayatlarıyla ilgili güncellemeleri paylaşmak için zaman buluyorlardı.

Kahve içerken sohbet ederken hâlâ ofis kıyafetleri içindeydiler.

Lesley, Rob'la olan evliliğine atıfta bulunarak, "Yani benim 5. yıl dönümüm yaklaşıyor," dedi.

Marlene bakışlarını keskinleştirdi. "Biliyorsun, özellikle günümüzde 5 yıl çok önemli. Bunun ne anlama geldiğini biliyorsun, değil mi?"

"Ne?"

"Bu, bu sefer ona ekstra özel bir şey alman gerekeceği anlamına geliyor, ya da tam tersi."

Tabii ki, Marlene bu konuda otoriteydi. Bir flört sitesi için çalıştı ve profesyonel bir çöpçatandı. Aynı zamanda bir ilişki terapisti ve evlilik danışmanıydı.

Marlene'in kariyeri Lesley'e ne kadar şüpheli görünse de, bunun etkili olduğuna hiç şüphe yoktu. Marlene, insanları bir araya getirme ve zor ilişkileri yürütme konusunda büyük bir üne sahipti. Yaşadıkları büyük şehirde insanlar , rehberliği için Marlene'e büyük paralar ödemeye fazlasıyla istekliydiler .

Lesley, "Bu noktada, Rob için güzel bir şey almak zor," diye şikayet etti. "O alçakgönüllü bir insan ve zaten istediği her şeye sahip."

"O zaman özel bir şey yap. Ona harika bir yemek yap. Ona sürpriz bir parti ver. Herhangi bir şey."

"Maalesef Rob benden çok daha iyi bir aşçı. Ve sürpriz partilerden nefret ediyor. Çocukça olduklarını düşünüyor."

"İyi seks her zaman işe yarar," dedi Marlene, kahvesinden bir yudum alarak şakacı bir tavırla. "Erkekler her zaman mümkün olduğunda iyi bir oral seksten memnun olurlar."

Lesley kızardı, "Tanrım, sakin ol, olur mu?"

"Bak, tek söylediğim 5 yılın büyük bir anlaşma olduğu. Özellikle bu günlerde. Özel bir şeyler düşünmek isteyebilirsin."

"Haklısın."

"Ben her zaman haklıyım," diye göz kırptı Marlene.

# BÖLÜM II

Tavsiyenin kendisi fena değildi. Lesley eve giderken bunu düşündü. Yatak odasında soyunurken ne kadar şanslı bir kadın olduğunu anladı.

Harika bir adamla evliydi, harika bir işi vardı ve güvenebileceği harika bir arkadaş grubu vardı. 33 yaşında, iyi gidiyordu.

Ama Rob'a 5. yıldönümleri için ne verecekti? İstediği her şeye zaten sahipti. Seçici bir adam değildi. Onun zevkinde basitti. Sigorta satıcısı olarak çalıştı ve boş zamanlarında spor yapmaktan ve arkadaşlarıyla takılmaktan hoşlanıyordu. Bu kadardı.

Normalde, Lesley çok az bakım gerektirmesine bayılırdı çünkü bu ona onun yerine onun ihtiyaçlarına odaklanması için daha fazla zaman verirdi.

Şimdi, her zamankinden daha çok onun hakkında bir şeyler yapmak istiyordu. Onu memnun etmek istiyordu. Ve evliliklerini devam ettirmeye kararlıydı.

Yatak odasının aynasına baktı. Hala kendini iyi durumda tutuyordu . Lisede ve kolejde bir atletti, ancak bir ofis kızı olduğundan beri aynı formu korumak daha zordu. Kalçalarının ve uyluklarının çevresine birkaç kilo vermişti. Çoğu insan bunu fark etmezdi ama görünüşü konusunda her zaman bilinçliydi ve vücudunun yaptığı her değişikliği takip ediyordu.

Birkaç karbonhidratı kesmenin zamanı geldi, diye düşündü.

Aksi takdirde, harika görünüyordu.

Rahat ve günlük ev kıyafetlerini, eşofmanını ve büyük bir tişörtünü giydi . Büyük yıldönümü yaklaşırken, iyi bir ev hanımı olmanın ve akşam yemeği hazırlamanın zamanı gelmişti.

# BÖLÜM III

İş ertesi gün ilginçti. Lesley, sevdiği bir işi yapması gereken orta ölçekli bir reklam ajansında çalıştı . Meslektaşlarıyla işbirliği yapmayı ve yaratıcı olmayı severdi.

Ama aklının bir köşesinde tek düşünebildiği, yaklaşan yıl dönümü ve Marlene ile yaptığı konuşmaydı.

Ofiste her şey programın ilerisindeyken, Lesley mola zamanını en iyi arkadaşını aramak için özel banyoya gitmek için kullandı. Ücretsiz ilişki tavsiyesi her zaman memnuniyetle karşılandı.

Ne de olsa Lesley haklıysa, Rob'un kendi başına özel bir şeyler planladığını biliyordu. Lesley için özel bir şey yapmak kolaydı . Sürpriz partiler, süslü akşam yemekleri ve tabii ki pahalı mücevherler de dahil olmak üzere keyif aldığı pek çok şey vardı.

Yıldönümü hediyeleri, Rob'un asla unutamadığı bir şeydi. Her yıl, ona çok güzel bir şey aldığından emin oldu. Her yıl, her zaman bir önceki yılın hediyesini geçmeyi başardı, bu yüzden Lesley'nin ekstra özel bir şey bulması gerekiyordu.

Banyoya girdi ve hızlı aramayı kullanarak aramayı yaptı. Neyse ki Marlene'in de boş zamanı vardı ve doğrudan konuya geçmeden önce kısa bir sohbet ettiler.

Lesley, elinde telefonla banyo kabininde otururken, "Sanırım haklısın," dedi. "Romantik bir şey muhtemelen en iyi fikirdir."

"Şimdi anladın. Aferin sana."

"Sorun şu ki hiçbir fikrim yok."

"Seksi kıyafetlere ne dersin? Bilirsin, iç çamaşırı, transparan sutyen ve külot, bu tür şeyler."

Lesley, "Rob buna katılmaz," diye yanıtladı. " Ne zaman seksi bir şey alsam , elimden geldiğince çabuk çıkarmamı istiyor. Sadece çıplaklığı seviyor."

"Rol oynamaya ne dersin? Dışarıda pek çok sıcak senaryo var."

"Çok yapışkan."

"Oral seks mi?" diye sordu Marlene. "Neredesin bununla?"

"Orada sıkıntı yok."

"Yutkunur musun?"

"Pratik olarak bir alışkanlık," diye yanıtladı Lesley, biraz utanarak. "Sorun şu ki, tüm üsleri ele aldık gibi görünüyor."

"Anal seks ne olacak?"

Soru Lesley'i üşüttü. Bir an için şaşkına dönmüştü ve hafif bir inanamamıştı. Anal seks? Cevap gerçekten bu muydu? Marlene uzmandı ve bir sebepten bahsetti.

Lesley , "Bunu hiç yapmadık," diye yanıtladı.

Lesley'nin tepkisinde bir şeyler olmalı, çünkü sesinin tonu Marlene'in dikkatini çekti.

Ne de olsa Marlene flört, ilişkiler ve seks konusunda uzmanlaşmış bir kadındı. Pek çok insanın yapamayacağı başarılı bir kariyer yaptı.

"Daha önce hiç anal denedin mi?" Marlene müstehcen bir tonda sordu. "Yani, Rob olmadan. Daha önce eski ortaklarla yaptın mı?"

En iyi arkadaşlar olarak Lesley ve Marlene, seks hayatlarını elbette daha önce tartışmışlardı, ama asla bu kadar ayrıntılı olarak. Ayrıntıların seviyesi Lesley'i rahatsız etmeye başlamıştı ama şikayet edemezdi. Sonuçta, ücretsiz tavsiye için arayan oydu.

"Daha önce hiç anal seks yapmadım."

"Parmak bile mi yok?"

"Bir parmağım vardı," diye itiraf etti Lesley. "Daha fazla bir şey yok."

"Gerçekten mi? Ne zaman?"

"Üniversitede kısa süreliğine çıktığım bir adam mı?"

Marlene meraklanmaya başladı. "Gerçekten, kolej mi? Kimdi? Mark? Dave?"

"Bu şu anda önemli değil," diye yanıtladı Lesley, başını sallayarak. "Önemli olan ben ve Rob."

"Sanırım cevabını bulduk."

"Anal seks mi?"

"Evet."

"Kıçımda seks mi?" Lesley tekrar onay istedi.

"Bu hemen hemen aynı şey."

"Peki bu yıldönümümüz için nasıl olacak? Kıçımı açıp ona sevişme zamanının geldiğini söylemeli miyim?"

"Bu iyi bir başlangıç."

"Alay ediyordum," diye iç geçirdi Lesley.

" Eh , yine de iyi bir fikirdi."

"Ben ciddiyim, Marlene."

"Ben de öyle. Bu roket bilimi olmak zorunda değil. Erkekler seksi sever. Bazen bu kadar basit. Seksi bir iç çamaşırı giy, ona ateşli bir oral seks yap ve anal bekaretini teklif et. Rob'un aşık olacağını garanti ederim. yeniden. Heck, seninle tekrar evlenebilir bile."

Lesley bir an sessiz kaldı. Ne kadar ahlaksız görünse de en iyi arkadaşı haklıydı.

Lesley, "Bunu düşüneceğim," dedi.

"Bana hala söylemediğin bir şey var."

"Bu da ne?"

"Rob hiç anal seks istedi mi?"

"Asla," diye yanıtladı Lesley.

"Sence bunu istiyor mu? Yani, hiç kıçına masaj yaptı mı? Kıçına iltifat ediyor mu? Kıçına hiç bakıyor mu?"

"Evet, yukarıdakilerin hepsine. Sence bu, benimle gizlice popo sevişmek istediğinin bir işareti mi?"

"Olabilir," dedi Marlene. "Belki istiyor ama sormaya utanıyor."

"Bilmiyorum. Rob anal isteseydi, sorardı."

"Belki seni korkutmak istemiyor. Ya da senin onun bir tür sapık olduğunu düşünmenden korkuyor."

Lesley başını salladı. "Belki."

"Şimdi senin de bahsetmediğin son soru için."

"Bu da ne?"

"Daha önce hiç anal seks hayal ettin mi?"

Tanrım, güzel bir soruydu. Lesley'nin cevabı anında bildiği bir soruydu, ancak bunu tartışmaktan biraz utanmış olsa da, tüm insanların en iyi arkadaşıyla bile.

" Elbette anladım," diye itiraf etti Lesley. "Son zamanlarda değil. Ama aklımdan geçti. Sanırım bir noktada her kızın aklından geçmiştir."

"Öyleyse bunca yıldır seni durduran ne?"

"Ne düşünüyorsun?"

"Söyle bana."

"Karmaşık değil," diye yanıtladı Lesley. "Açıkça söylemek gerekirse, horozlar büyük, götler küçüktür. Benim durumumda, minik. Bu kadar basit. Bu yüzden dalmışım. Ben kauçuktan yapılmadım. Ben bir insanım."

"Tatlım, bugünlerde birçok kadın popo seksi yapıyor. Ve birçok kadın bundan zevk alıyor, çok."

"Sen de dahil?"

"Kesinlikle ben."

Lesley gülümsedi, "Rakamlar."

"Neden?"

"Anal seks tipine benziyorsun. Alınma."

"Hiçbiri alınmadı," diye yanıtladı Marlene. "Acı orgazma değer."

"Gerçekten o kadar iyi hissettiriyor mu?"

"Sana söyleyebilirim. Ya da Rob'la yıl dönümünde bunu kendin deneyimleyebilirsin."

Lesley bir an durakladı. "Bunun benim için doğru olup olmadığını nasıl bileceğim?"

"Öğrenmenin tek yolu var, ona sor."

# BÖLÜM IV

O gece. Yıldönümlerine sadece birkaç gün kala Lesley, mükemmel bir eş olmak için elinden geleni yaptı.

Güzel bir elbise giydi ve internetten öğrendiği bir tariften yemek pişirdi. Doğal olarak, yemek pek iyi sonuçlanmadı, ama en azından denedi.

Televizyonun karşısındaki kanepede dinlendikten sonra nihayet yatma vakti gelmişti.

Tutkuyla öpüştüler ve Lesley elbisesinin arkasını açtı. Sevişmeye hazırlanırken, anal seks konusu sürekli aklındaydı. Öpüşürken tek düşünebildiği buydu.

Sürprizi bozmak istemiyordu ama elinden de gelmiyordu. Rob'un bunun iyi bir fikir olduğunu düşünüp düşünmediğini bilmesi gerekiyordu. En kötü durum senaryosu, yıldönümlerinde sadece iğrenmesi için anal seks teklif etmek olacaktır. O zaman çok geç olurdu. Gece mahvolacaktı.

Bu yüzden şimdi sorması gerekiyordu. Öpüşmeyi bitirdi ve kocasının gözlerinin içine baktı.

"Düşünüyordum," dedi. "Muhtemelen zaten bildiğiniz gibi 5. yıl dönümümüz yaklaşıyor."

"Nasıl unutabilirim?"

"Öyleyse neden özel bir şey yapmıyorsun?"

Rob gülümsedi, "Aklında bir şey var mı?"

Gerçeğin anıydı ve teklifi yaparken mümkün olduğunca kendinden emin görünmeye çalıştı.

"Yıldönümü gecemizde anal seks denemek ister misin?"

Gözleri kocasının yüzüne kilitlenmişti, analiz edebilmek için herhangi bir tepki belirtisi bekliyordu. Onun her düşüncesini ve yeni bir cinsel maceraya ne kadar açık olduğunu bilmek istiyordu.

Gerçekten de, Rob'un yüzündeki ince değişimlerden, bu fikirle ilgilendiği ortaya çıktı ve Lesley, evlilik yıldönümleri için mükemmel bir hediye bulmuş gibi garip bir rahatlama hissetti.

"Anal ha? Kulağa ilginç geliyor. Bunu daha önce yaptın mı?"

O, başını salladı. "Hayır, asla olmadı."

"Bu bir süredir istediğin bir şey miydi?"

"Uzun hikaye," diye yanıtladı. "Ama biraz."

Gülümsemeye devam etti, "Neden bekleyelim? O kırmızı elbisenin içinde harika görünüyorsun ve ikimiz de havamdayız. Neden şimdi yapmıyoruz?"

"Şimdi?"

Kahretsin, diye düşündü.

Zihinsel veya fiziksel olarak hazır değildi. Ama sorun ne? Marlene bu kadar kolay yapabildiyse, Lesley de yapabilirdi. Marlene'in de belirttiği gibi, günümüzde pek çok kadın bunu yapıyor.

Pısırık olmayı bırakmanın ve sonunda anal bekaretini kaybetmenin zamanı gelmişti.

Vazelin getireceğim , dedi kendine meydan okurcasına.

"Bunu yapmak istediğinden emin misin? Çok... huzursuz görünüyorsun."

"İyiyim. İnan bana, iyiyim."

Omuzlarını ovuşturdu. "Ben iyiyim, biliyorsun, düzenli seks. Rahat değilsen bunu yapmak zorunda değiliz."

Lesley bir adım geri çekildi ve kırmızı elbisesini yere düşürdü.

"Ben ciddiyim. Ben iyiyim."

vazelin kabını alıp kocasına verirken neredeyse robot modundaydı. Sonra külotunu indirdi ve yatağın üzerine eğildi.

Ruh hali, sanki prostat muayenesine hazırlanan bir doktorun ofisindeymiş gibi, birden soğuk ve romantik olmayan bir duyguya kapıldı. Eğilmiş pozisyonda beklerken, kocasının bu gariplik karşısında sersemlemiş olması gerektiğini ve ilk anal maceralarında baştan çıkarıcı olmayı unuttuğunu fark etti.

Ama artık önemi yoktu. Rob'da yağ vardı. Ve çıplak kıçı dışa dönüktü, gitmeye hazırdı.

Vazelinin kapağının açılma sesi onu beklediğinden daha fazla gerginleştirdi. Derinlerde, bekaretini kaybettiğinde hissettiği aynı sinirleri hissetti. Ve birçok yönden, aynı şeydi. Bekaretini yine kaybediyordu, ancak bu sefer kıçındaki bekaretti.

vazelin kaplı işaret parmağını kıçının içinde hissettiğinde omurgasından yukarı bir şok yükseldi .

"Evet!" nefesi kesildi.

Rob'un parmağı hemen onun kıçından çekildi.

"İyi misin?"

"İyiyim."

"Devam etmek istiyor musun?" O sordu.

" Elbette yaparım."

Rob tekrar denedi, bu sefer biraz daha nazikçe. İşaret parmağını poposuna geri itti ve bu Lesley'nin şimdiye kadar hissettiği en rahatsız edici cinsel duyguydu.

Kıçında kaygan bir parmak olması çok doğal ve garipti. Daha da kötüsü, sadece seksi hissettirmedi.

Rob parmağını sonuna kadar ittiğinde, Lesley'nin ayak parmakları halı zeminde kıvrıldı ve vücudu gerildi.

"Çıkar şunu" diye emretti.

Rob parmağını çekti ve dik dururken karısına endişeli bir bakış attı.

"Bu muhtemelen kötü bir fikirdi," dedi.

"Hayır, bu iyi bir fikir. Sadece, şu anda buna hazır değilim. Hepsi bu. Daha sonra, yıldönümü gecemizde tekrar deneyebiliriz."

Rob kafası karışmış görünüyordu. "Bunu tekrar denemek ister misin?"

"Neden? Beğenmedin mi?"

"Bilmiyorum. Daha yapmadık bile. Ama parmağım kıçındayken çok rahatsız görünüyorsun."

Her nedense, bu sadece Lesley'i kocasıyla anal seks yapmaya daha kararlı hissettirdi. Belki de ikisi için de ilk kez olacağı içindi . Bekaretlerini birlikte kaybetmek gibi olurdu. Onun kıçını onun kıçında. Ne romantik bir düşünce, çok tuhaf bir şekilde.

"O zaman anlaştık," diye gülümsedi. "Yıldönümü gecemizde anal seks."

"Ciddiyim Lesly, bunu yapmak zorunda değiliz."

"Ve ben de ciddiyim. Bunu yapıyoruz. Sadece biraz daha zamana ihtiyacım var. Bu arada, hadi sevişelim düzgün bir şekilde."

Birbirlerine sarılıp öpüştüler.

Lesley, üstesinden gelemeyeceği için kendi kendine hayal kırıklığına uğradı. Kendini, her türlü engelin üstesinden gelebilecek, kariyer odaklı güçlü bir kadın olarak görüyordu, ama anal? Bu onun alanının dışında bir şeydi.

O da kesinlikle Rob'a güvenmek istemiyordu çünkü bu tehlikeli olabilirdi. Yarı büyük bir siki olan tecrübesiz bir adama narin küçük anüsünü emanet etmesinin hiçbir yolu yoktu. Bu söz konusu bile değildi.

Hayır. İhtiyacı olan şey bir uzmandı. Böyle kritik bir durumda ne yapacağını bilen biri.

Neyse ki, kimi arayacağını biliyordu.

# İKİNCİ BÖLÜM
# SEKSİ UZMAN EN İYİ ARKADAŞI

27

# BÖLÜM V

Ertesi gün ofiste, Lesley'nin aklı seks hayatıyla meşguldü. Tek düşünebildiği seksti. Ve kıçını kaldırmayı gerçekten başarabilecek mi?

Masasındayken cinsellik konusunda uzman en iyi arkadaşına mesaj attı. Marlene telefonda sohbet etmek için serbest kaldığında, Lesley kısa bir mahremiyet anı için banyoya gitti.

Aramayı yaptıktan ve klozet kapağına oturduktan sonra Lesley tüm detayları döktü. Marlene'e Rob'la yaptığı kısa konuşmayı, onun istekliliğini ve kıçına giren parmağı anlattı. Marlene'e kişisel meseleyle ilgili tüm duygularını anlattı.

"Normal bir kadının bununla nasıl başa çıkabileceğini anlamıyorum?" Lesley merak etti.

"Yıl 2022, tatlım, buna çok kadın var."

"Eminim sadece adamı memnun etmek içindir."

"Bekle," dedi Marlene. "Sana bir bağlantı göndereyim. İzle, sonra beni ara."

"Porno mu?" diye sordu Lesley, en iyi arkadaşını tanıyarak.

"Aslında öyle."

"Telefonuma virüs falan mı yerleştirecek?"

"Şüpheli. Çalışmam gerekirken telefonumdan sürekli o porno sitesine bakıyorum ve telefonum gayet iyi."

Lesley içini çekerek, "Gönder onu."

"İzlemen bittiğinde beni ara."

Lesley bağlantıyı bekledi. Tuvalette oturup porno linki beklemek sıkıcı ve yalnızdı. Bu, kişisel hayatının durumu hakkında üzücü bir yansımaydı.

Sonunda üç link geldi.

Lesley, bir porno sitesine bağlantı olan ilkini açtı. Video, bir kadının büyük bir horoz tarafından anüsünden sikildiğini gösteren profesyonelce yapılmış kısa bir klipti. Sadece ana bölümleri izleyerek hızlı bir şekilde ilerledi.

İkinci video da aynı içeriğe sahipti.

Üçüncü video da hemen hemen aynıydı.

Çalışması gerekirken, banyo kabininde ofis kıyafetleri içinde otururken telefonunda porno izlerken hafif bir utanç hissetti. Erkekler yaptığında şikayet ederdi, şimdi aynı şeyi yapıyordu. En azından bunun için geçerli bir nedeni olduğunu düşündü.

O porno kliplere göz gezdirdikten sonra Marlene'i geri aradı.

"Ne sandın?" Marlene, aramayı cevaplarken sordu.

"Normal kadınları kastetmiştim. Bunlar porno yıldızları."

"Fark ne?"

Lesley, "Porno yıldızları sanatçıdır" dedi. "Onlar seks için yaratılmışlar. Tek yaptıkları bu. Ve bütün günlerini forma girip seks için hazırlanarak geçirebilirler. Ben bir ofis çalışanıyım. Bu farklı."

"İyi. Bekle. Birkaç dakika sonra beni ara. Önce sana başka bir şey göstereyim."

"Bekle...bekle..."

Çağrı sona erdi ve Lesley içini çekti. Sabırla bekledi, sonunda Marlene'den iki bağlantı geldi.

Lesley ilkini tıkladı. Aynı porno sitesindendi, ancak bu sefer porno yıldızları yerine normal bir çifte yer verdi. Lesley, sade görünümlü bir ev hanımının yatak odasında, muhtemelen kocası olan bir adam tarafından anal seks yaptığını izledi.

Bir sonraki video benzerdi. Kolej futbol takımından bir adamın izniyle, anal orgazm olan sade (biraz inek) görünümlü bir üniversite öğrencisine sahipti.

Lesley pornoya yabancı değildi. Kocasıyla kablolu televizyonda softcore şeyler izledi. Bazen, seks hayatlarını renklendirmek için istek üzerine ısmarlayarak hardcore porno izliyorlardı.

Ama daha önce hiç amatör porno izlememişti. "Normal" insanların sevişmesini izlemek tuhaftı. Seks hayatlarının röntgencisi olmak gibiydi. Anal seks yapan ve kesinlikle onu seven "normal" kadınların videolarını izlemek daha da gerçeküstüydü.

Lesley videoların amacını anladı ve arkadaşını geri aradı.

"Tamam, anladım," dedi Lesley. "Normal kadınlar da yapabilir."

"Ve sen normal bir kadınsın, değil mi?"

"En son kontrol ettiğimde."

"O zaman neden yapamıyorsun?"

Lesley iç geçirdi, "Hiçbir fikrim yok."

"Kötü bir kaltak gibi konuştuğum için özür dilerim. Dürüst olmak gerekirse, bu noktada Rob muhtemelen haklıdır. Belki başka bir şey deneyin ? Ona başka fetişleri olup olmadığını sorun. Bir şeyler olmalı."

"Bütün anal şeyle uğraşmayı tercih ederim."

Marlene'in ilişki duygusu devreye girdi. "Gerçekten. Neden öyle? Şimdi, ne kadar mücadele etmeye çalışsan da, bir parçanın bunu sabırsızlıkla beklediğini düşünmeye başlıyorum."

"Bence sıcak. Tahminim, Rob da sıcak olduğunu düşünüyor. Ve açıkçası, biraz meraklıyım. Her zaman biraz merak etmişimdir. Vücudumun cinsel olarak keşfetmediğim tek kısmı orası. Bu yüzden yaygara hakkında ne olduğunu görmek güzel olurdu."

"Önümüzde önemli bir görev var gibi görünüyor."

" Yani yardım etmeye hazır mısın?"

" Elbette öyleyim," diye yanıtladı Marlene. "Bunu asla kaçırmama imkan yok."

"Ne yapacağına dair bir fikrin var mı?"

"Aslında bir sürü fikrim var. Bunu sana hiç söylemedim ama aynı zamanda ilişki tavsiyelerine ek olarak bir seks terapistiyim."

"Şimdi şaka zamanı değil."

"Son derece ciddiyim," dedi Marlene yadsınamaz bir kararlılıkla.

Lesley'i ikna etmeye yetmişti . "Tamam o zaman, seks tavsiyeni ücretsiz olarak kullanabileceğimi varsayarsak nasıl başlayalım?"

"Ödeme, güçlü bir anal orgazm olduğunu izlemek. Başka bir deyişle, orada olmalı ve katılmalıyım, tamam mı?"

"Kıç deliğimle oynamak ister misin?" Lesley inanmayarak sordu.

"HI-hı."

"Bu bir çeşit lezbiyen mi? Yoksa bu tamamen bizim yıllara dayanan dostluğumuza mı dayanıyor?"

"İkisi birden."

Lesley'nin kaşları kalktı. "Tamam, bu hiç garip değil."

"Bu seninle ilgili, tamam mı? Yardımımı istiyor musun istemiyor musun?"

Lesley bir nefes aldı. "Yaparım."

"O zaman doğrudan konuya geçelim, olur mu?"

"İyi. Normalde bununla nasıl devam ederdin? Yani, müşteri olsaydım, tamamen yabancı olsaydım, benimle ne yapardın?"

"Neye izin vereceğine bağlı," diye yanıtladı Marlene. "Belki seninle bire bir anal üzerine yoğun bir kurs için buluşurum. Ya da belki bir çiftler seansı yapardım, burada kocana poponu talep etmede yardım ederdim."

"Sen, ben ve Rob, aynı anda mı? Üçlü mü?"

"Bu uygulanabilir bir seçenek."

"Normalde çalışıyor mu?" diye sordu Lesley.

" Her zaman . Ama dikkatli bir şekilde tararım. Doğru çift olmalı. Sadece cinsel olarak kendilerine ve ilişkilerine güvenen insanlar. Ne de olsa bir seks terapisti ve danışmanı olarak, yapmak istediğim en son şey bir kama sürmek. Kıskançlık çok tehlikeli bir şeydir."

"İlginç."

"Şimdiye kadar bir fikrin var mı?"

"Rob her zaman üçlü yapmakla ilgili şaka yapar. Ayrıca senin çok güzel olduğunu düşündüğünü biliyorum."

Marlene şakacı bir tavırla, "Gördüğüm üçlüye doğru eğilerek," dedi.

"Bir çeşit."

"Seni daha iyi hissettirecekse, teknik olarak üçlü değil. Unutma, ben yardımcı bir rolde olacağım. Bu, anüsünü penetrasyon için hazırlayacağım ve gerisini Rob halledecek."

"Aslında kulağa oldukça sıcak geliyor."

"Ah, öyle," diye yanıtladı Marlene.

"Gerçekten de Rob'la bir şeyler yapacak mısın?"

"Korktuğun buysa onu becermeyeceğim."

"Sonra ne?" diye sordu Lesley.

"Dediğim gibi, anüsünü hazırlayacağım. Seni yağlayacağım ve hafif bir esneme ile başlayacağım. Sonra, açıkça söylemek gerekirse, Rob hemen sonra seni becerecek."

"Kulağa...şey...maceracı geliyor."

"Öyle," diye onayladı Marlene. "Ama gerekirse Rob'a biraz dokunmam gerekebilir. Çok acı verici olmadığından emin olmak için penisini anüsünüzün içine yönlendiririm. Anal penetrasyon tamamen dik bir penis gerektirir, bu yüzden yeterince erekte değilse, yapabilirim. onu bir şekilde uyarmalıyım. Büyük ihtimalle ağzımla."

" Yani kocama oral seks mi yapacaksın?"

"Sadece gerekirse."

"Bu güven verici."

"Hey, beni aradın. Unutma. Sana bildiğim tek şekilde yardım ediyorum. Kayıtlarıma göre bu işte iyi iş çıkarıyorum."

Lesley içini çekti, "Teşekkürler, cidden. Ciddiyim, sen en iyisisin."

"Henüz bana teşekkür etme. İlk anal orgazmdan sonra bana teşekkür edebilirsin."

"Bütün bunlar bir yıl dönümü için mükemmel bir cinsel deneyim gibi geliyor. Ama itiraf etmeliyim ki, çok ürkütücü."

"Her zaman öyle. Ve herkes için değil."

Denemek isterim, dedi Lesley. "İlgileniyorum. Gerçekten ilgileniyorum."

"Kesinlikle pozitif olmalısın, yoksa devam edemeyiz. Arkadaşlığımız çok önemli. Evliliğini asla mahvetmek istemem."

"O zaman Rob'a soracağım ve bu konuda ne hissedeceğini göreceğim."

Marlene güldü, "Rob ne diyecek? Hayır? Elbette bununla iyi olacak. Beni becermeyecek. Seni becerecek."

"Doğru, ama yine de onu arayıp ne düşündüğünü görsem iyi olur."

"Daha iyi bir fikrim var."

"Hangisi?"

Marlene, "Rob'u arayacağım," dedi. "Onunla işleri yoluna koyacağım, o zaman senin için sürpriz gibi olacak. Bunun için strese girmeni istemiyorum. Anal seksin ilk kuralı rahatlamaktır. Buna zihinsel rahatlama da dahildir. "

"Bu mantıklı. Yani onu şimdi arayacak mısın?"

"Evet, senden bir şey daha isteyeceğim."

"Bu da ne?"

Marlene , "Çalıştığım şeyin bir resmine ihtiyacım olacak," dedi. "Bana çıplak poponuzun ve anüsünüzün net bir resmini gönderin. Hemen şimdi."

"İş yerinde seks yapmaya başlamamı mı istiyorsun?"

"Bu seks değil," diye ısrar etti Marlene. "Evlilik sağlığınızı ve cinsel sağlığınızı içeren önemli ve hassas bir tıbbi prosedür için önceden hazırlıktır."

"Marlene, seks yapıyor."

"Ne istersen onu söyle. Anal sürece nasıl devam edeceğimi belirlemek için o resimlere ihtiyacım var."

"Başka bir deyişle, anüsümün ne kadar küçük olduğunu bilmek istiyorsun," diye şaka yollu bir açıklama yaptı Lesley.

"Aynen öyle."

"İyi," Lesley içini çekti. "Birazdan göndereceğim."

"Mükemmel. Bu arada, ayrıntıları öğrenmesi için Rob'u arayacağım. Bu konuda içimde harika bir his var."

" Ben de öyle. Bu şimdiye kadar yaptığım en tuhaf ve en çılgın şey, ama nedense işe yarayacağını düşünüyorum."

"Çünkü bu konuda uzmanım," diye güvence verdi Marlene.

İki arkadaş ayrılık sözlerini söyledi ve görüşme sona erdi.

Lesley klozet kapağından kalktı ve aynada kendine uzun uzun baktı. Daha önce hiç çıplak fotoğraflarını çekmemişti ama bunu yapmak için iyi bir sebep varsa, o da buydu.

Ofis eteğini ve külotunu çıkarıp tezgahın üzerine koydu. Sadece düğmeli bluzu ve ayakkabılarıyla duruyordu. Belden aşağısı çıplaktı. Modaya uygun bir şekilde konuşursak, kendini böyle görmek çok garip bir kombinasyondu, özellikle de her yerin ofis banyosunda.

Arkasını döndükten sonra kıçı aynaya dönüktü ve telefon kamerasını da aynaya doğrulttu. Popo yansımasının bir fotoğrafını çekti ve resmi olarak şimdiye kadar çektiği ilk çıplak fotoğraftı.

Ardından daha garip bir resim geldi. Anüsünün fotoğrafını nasıl çekeceğini düşündü , sonra bir çözüm buldu. Yere çömeldi ve telefonu bacaklarının arasına, vücudunun altına koydu. Doğru pozisyonda olduğunda, enstantane fotoğrafı çekti.

Ayağa kalktı ve anüsünün resmine baktı. İlk defa bu kadar net görüyordu. Anüsünün açık kahverengi rengini, şeklini ve çizgilerini fark etti. Kesinlikle küçücük görünüyordu ve Rob'un sikini oraya sokmak zor olacaktı. Neyse ki Marlene ne yapacağını biliyordu.

Lesley, müstehcen resimleri Marlene'e mesaj attı ve aniden durum tamamen yeni bir düzeye taşındı.

# BÖLÜM VI

O gece, Lesley ve kocası televizyon karşısında rahatlarken, tek düşünebildiği, yakında alacağı anal seks ve Rob'un bu konuda ne hissettiğiydi.

Rob'un en sevdiği televizyon programı Game of Thrones'daki tüm aksiyona rağmen Lesley aynı şeyleri merak etmeye devam etti. Özellikle de ne Rob ne de Marlene hiçbir şeyden bahsetmediği için. Lesley, Marlene'in Rob'u arayıp aramadığını merak etti. öğrenmek için tek yol vardı.

"Marlene bugün erken saatlerde seni aradı mı?"

"Evet," dedi Rob, alışılmadık şekilde nazlı bir tonda.

"Ve?"

"Ve bence özel bir muamele içindesin," dedi belli belirsiz tutmaya çalıştığı belli belirsiz bir gülümsemeyle.

Lesley, kendi kıçının sonucuyla ilgili olarak karanlıkta bırakıldığını yarı yarıya tahmin ediyordu. Cevaplara ihtiyacı vardı ve ne Rob ne de Marlene'in cevap vermeyeceği açıktı.

"En azından bana bir ön izleme verebilir misiniz? Ne beklemeliyim?"

"Söylemeyeceğime söz verdim."

"Bundan kesinlikle emin misin?" Lesley, sanki işe yarayacakmış gibi aşırı baştan çıkarıcı bir sesle söyledi.

"Kesinlikle pozitifim."

Lesley yine seksi bir ses çıkardı. "Lütfen canım? O şeyi dilimle yapacağım. Tek yapman gereken bana bir ipucu vermek."

"Bekleyebilirim." dedi gülümseyerek. "Bana bu konuda güvenin. Marlene'in bizim için özel bir şeyi var."

"Öyle mi düşünüyorsun?" Lesley normal sesiyle cevap verdi.

"Öyleyim. Bana telefonda birkaç ipucu verdi. Ve seninle ne yapmayı planladığını söyledi. Dürüst olmak gerekirse, bunun seks hayatımıza özel bir şey katacağını düşünüyorum. Daha önce hiç yapmadığımız bir şey."

Az söylemek ilginçti. Derinlerde, biraz kıskançlık başladı.

"Onu da mı becereceksin?" Lesley yumuşak, kadınsı bir tonda sordu.

Kalçasını okşadı. "Tabii ki hayır. Aptal olma."

"O zaman büyük sır ne?"

"Yakında öğreneceksin," diye yanıtladı ve televizyonu işaret etti. "En iyi kısımlarını kaçırıyorsun."

Bununla Rob dikkatini tekrar televizyona odakladı. Bu arada, Lesley zihinsel olarak yakında ağrıyacak olan poposuna odaklanmaya devam etti.

# ÜÇÜNCÜ BÖLÜM
# İLK KEZ

# BÖLÜM VII

Cumartesi sabahıydı, bu da hiçbirinin işe gitmek zorunda olmadığı anlamına geliyordu.

Lesley, Marlene'in bir gece önce kendisine e-postayla gönderdiği talimatları izledi. Talimatlar esas olarak temizlik ve güzellikle ilgiliydi.

Güzel, uzun, sabunlu bir duş aldı. Anüsünü ve rektumunu temizlemeye özel bir önem verildi. Lesley duşta özel talimatları izledi. Aslında, emin olmak için iki kez yaptı.

Duştan sonra Lesley, çeşitli güzellik ürünleriyle şifoniyer aynasının önüne oturdu. Kendini olduğundan daha çekici göstermek için zaman ayırdı. Saçlarında da aynı vurgu vardı.

İşi bittiğinde, profesyonel ofis kızı çoktan gitmişti. Yeni, anal dostu Lesley'di. Ve her zamanki gibi muhteşem görünüyordu.

Görünümünü uyumlu beyaz sutyen ve külot ve ardından beyaz bir sabahlık ile tamamladı.

Yaptığı her şey Marlene'in e-postadaki tavsiyesine göreydi.

Bunları söylerken kapı çaldı. sabah 10. Tam zamanında.

Lesley ve Rob birlikte ön kapıyı açmaya gittiler. Orada şımarık bir saç stili ve iki alışveriş çantasıyla cinsel açıdan aydınlanmış ilişki terapisti Marlene duruyordu.

Marlene çantaları kaldırdı ve gülümsedi, "Başlamaya hazır mıyız?"

Aniden, sıradan bir Cumartesi sabahı gibi görünen şey, özel bir şeyin başlangıcına dönüştü.

# BÖLÜM VIII

Marlene banyoda kendini hazırlarken çift endişeyle yatak odalarında bekledi. Marlene'in getirdiği çantalardan biri özel kıyafeti içindi. Ne de olsa, anal bir karşılaşmaya hazırmış gibi giyinerek toplum içine çıkamazdı.

Ama bu şu soruyu gündeme getirdi, diğer çantada ne vardı? Çok yakında öğreneceklerdi.

Banyo kapısı açıldığında, hem Lesley hem de Rob, Marlene'in dönüşümünü görünce şok oldular.

Marlene'in günlük kıyafetlerinin hepsi gitmişti. Bunun yerine, Lesley'nin giydiğine benzer kırmızı bir sabahlık içinde yalınayaktı . Marlene makyajını da göz alıcı bir şekilde yaptırmış ve saçına da şekil verilmişti.

"Hazır mıyız?" diye sordu Marlene, şakacı seksi bir poz vererek.

Lesley, en iyi arkadaşının güzellik sırlarını ve fitness rutinini biraz kıskanıyordu. Daha sonra bahşiş istemeyi aklına not etti.

Lesley, "Olabildiğince hazır," dedi.

Rob kabul etti.

Marlene, "İlk adım, parçaya bakmaktır" dedi. "Açıkçası gerekli temizlikle birlikte bunu zaten yaptık. Şimdi bir sonraki adım senin rahat etmen ve benim de seni gevşetmem."

Lesley amının seğirdiğini hissetti.

"Ben hazırım."

Marlene yatak odasına baktı. Sonra çiftin yatağına bir havlu koydu ve düzgünce yaydı.

"Yatağa yatmadan önce," dedi Marlene. "Muhtemelen diğer çantada ne olduğunu merak ediyorsundur."

Lesley başını salladı. "Çok iyi bir fikrim var."

"Bu kullanacağımız anal kit."

"Kulağa korkutucu geliyor."

Marlene çantaya uzandı ve küçük pembe bir yapay penis uzattı. "Pek değil. Çoğunlukla birkaç küçük şey ve bol miktarda yağ. Sizi daha sonra Rob'un nüfuzuna hazırlamaya yetecek kadar."

"Midemde kelebekler hissetmeye başladım."

"O zaman başlasak iyi olur."

Lesley ve Rob birbirlerine uzun uzun sarıldılar, ardından dudaklara bir dizi öpücük verdiler. Neredeyse 'elveda' demek gibiydi. Ama aslında, ilişkilerinde yeni bir şeyin hoş karşılanmasıydı.

"Külotlarını çıkar," dedi Marlene.

Lesley uzanıp külotunu çıkardı ve fırlattı. Belinden aşağısı çıplaktı, altını ve amını kaplayan ince bir sabahlık vardı ama bu çok uzun sürmeyecekti.

Yatağa tam olarak Marlene'in söylediği gibi çıktı. Dizleri havlunun üzerinde ve yüzünü yatağa bastırdı. Poposu havadaydı ve kıçının ve amının en iyi arkadaşı ve kocasına tamamen maruz kaldığının kesinlikle farkındaydı.

Garip bir andı. Birçok yönden, Lesley için doktor ziyareti gibi geldi. Tipik bir jinekolojik muayene dışında, yakında onun geleceği tam bir eşek dövülmesi olacaktır. Ama önce ön sevişme olacaktı. Aman tanrım, nasıl bir ön sevişme? diye düşündü Lesley.

Bir çift el Lesley'in her ikisinin de poposunu ovuşturdu. Sadece herhangi bir el değil. Yumuşak kadınsı eller. Sadece Marlene'in sahip olduğu türden.

Aman Tanrım, başlıyor.

"İşte sürpriziniz geliyor," dedi Marlene. "Rob'u planlarım hakkında rahatsız ettiğini biliyorum. İşte burada. İyi bir kadın rimming'in anal bakireleri uyarmanın en iyi yolu olduğunu düşünüyorum. Şimdi rahatla."

Aman tanrım, bir rimjob . Marlene'den mi?

Lesley tek kelime edemeden popo yanaklarının yumuşak ellerle daha da genişlediğini hissetti. Götünün, kocasının ve Marlene'in görmesi için ardına kadar açıldığını biliyordu.

Sonra dil geldi. Aman tanrım, dil. Küçük kahverengi anüsü en iyi arkadaşı tarafından yalıyordu. Yukarı ve aşağı yaladı. Yan yana yaladı. Her yönden yaladı . Ardından öpücükler geldi. Sonra tekrar yalama. Sonra anüsüne birkaç öpücük daha.

Bir rimjob almak Lesley'nin cinsel yapılacaklar listesinde hiçbir zaman olmadı, ama bunu hissettiğine çok sevindi. Bu kadar iyi olduğunu bilseydi, Rob'dan bunu yıllar önce düğün gecelerinde yapmasını isterdi.

Şimdi, işte buradaydı, dizlerinin üzerinde, yüzü aşağı dönük, en iyi arkadaşı tarafından göt deliğini yalıyordu. Marlene'in çok cinsel bir insan olduğunu ve cinsel konularda uzman olduğunu her zaman biliyordu, ama bu? Marlene'in bir kadının anüsüne oral seks yapma konusunda uzman olduğunu bilemezdi. Marlene'in yaptığı teknik gerçek olamayacak kadar iyiydi.

rimjob son parçası geldi . Marlene'in dili içeri girdi. Aman tanrım, içeri girdi. Lesley anüsünün salyasını, kıçından salyanın aktığını ve makatının girişinde hissetti .

Biraz gıdıkladı, ama esas olarak onun varlığından haberdar olmadığı sansasyonel, uyarıcı sinir uçlarını hissetti.

"Aman Tanrım," diye inledi Lesley, yatakta yüzü aşağı dönük. "O dilin... aman tanrım."

Marlene kısaca durdu. "Bu yüzden büyük paralar ödüyorum."

Ve bununla birlikte, Marlene anal yalamaya devam etti. Dili anüsün halkasını yaladı, rektumun girişini takip etti, sonra durdu.

"Yalamanın bir sonraki aşamasına hazır mısın?" diye sordu Marlene, kıçını hâlâ ayrı tutarak.

"Fazlası var?" diye sordu Lesley, yüzü aşağı dönüktü.

"Evet. İşte geliyor. Şimdi rahatla tatlım."

Marlene Rob'a o kadar kısa ve kısa bir şey söyledi ki Lesley duyamadı . Duyduğu tek şey, uğultu sesiydi. Yüzü yatakta olduğu için göremiyordu. Elbette, ne yaptıklarına bakmak için arkasını dönebilirdi, ama neden zahmete girdi? Sürprizleri severdi ve özel bir sözlü sürprizin içindeydi.

Lesley'nin bildiği bir sonraki şey, Rob'un amını aşağıdan yiyordu. Bu arada, Marlene çevreleme görevlerine geri döndü.

Lesley, en çok sevdiği insanlardan hem amına hem de anüsüne aynı anda tam bir oral saldırı yaşadı.

Kısa bir inilti bırakırken gözleri büyüdü ve dudakları kıvrıldı. Oral zevkin iki katıydı. Rob daha önce hiç olmadığı gibi amını emdi. Marlene anal yalama hızını yakaladı.

Derinlerde bir yerde, Lesley bunu daha önce hiç yapmadığı için kendine lanet etti. Oh iyi. 33 yaşında genç bir kadındı, hayatında çifte oral seksten zevk almaya devam etmek için bolca zamanı olacaktı.

Rob dilini klitorisine odakladığında bir doruğa yaklaştığını hissetti. Bu tam olarak Lesley'nin amının yenilmesini sevme şekliydi. Merkezden başlayın, ardından klitoral uyarı ile orgazm olun.

"Aman tanrım," diye inledi Lesley, yüzü aşağı dönük, gözleri geri dönüyordu. "Sanırım yaklaşıyorum."

Marlene kısaca dilini çekti. "Kızım sen git."

Bununla, Rob klitorisi daha hızlı yalamaya devam etti ve Marlene bakire anüsün içinde oral bir kasırga yaptı.

Lesley, çağlar boyunca orgazmı serbest bıraktı.

Yüksek sesle çığlık attı ve vücudu kasıldı. Şükürler olsun ki, yakın zamanda iyi bir mahremiyete sahip olabilecekleri bir ev satın almışlardı. Eski dairelerinde Lesley'ninki gibi bir çığlık komşuların ve belki de polisin dikkatini çekerdi.

Şimdi, kendi evinin mahremiyetinde, Lesley her şeyi serbest bırakabiliyordu. Amcığı ve göt deliği güçlü bir oral uyarım aldı ve bu da ıslak güçlü bir orgazmla sonuçlandı.

Bittiğinde, Rob kedinin altından uzaklaştı ve Marlene dilini çıkardı.

Lesley ıslak, sırılsıklam bir dağınıklık içinde, orgazm sonrası yüzünde bir gülümsemeyle yatağa yığıldı.

"Rob senin hakkında haklıydı," dedi Marlene, çıplak popolu en iyi arkadaşına hayran kalarak. "Sen tam bir serserisin."

"Ho.. ly ... shiiit ..." inledi.

"Kızım, daha yolun yarısını bitirdik. İyi anal seksin anahtarı yağlama ve uyarılmadır. Uyandırılmaktan daha fazlası olduğunu söyleyebilirim. Ve tükürüğümden güzelce yağlanıyorsun. Ama hala yapacak işlerimiz var."

"Hala?" gevezelik etti.

"Evet, şimdi pozisyonuna geri dön seni tembel sürtük."

Marlene en iyi arkadaşının kıçına güçlü bir tokat attı. Lesley'i kıçı havadayken dizlerinin üstüne geri getirmek yeterliydi.

Aklı hâlâ yoğun orgazmın etkisindeyken, yüzünü çarşafa bastırdı ve popo yanaklarının yeniden açıldığını hissetti. Bu sefer eller çok daha güçlüydü, bu da Lesley'nin poposunu açık tutan kişinin Rob olduğu anlamına geliyordu.

Bu da Marlene'in iki elinin de serbest olduğu anlamına geliyordu.

Aniden Lesley, açılan bir yağ şişesinin tanıdık sesini duydu.

Sonra Lesley küçük pembe yapay penisin poposunun içine itildiğini hissetti. Sadece birkaç santim uzunluğundaydı, ama küçücük kıçının içi çok büyüktü. Pembe yapay penis içeri ve dışarı itildi.

Çıkartıldı ve Lesley'in kıçında bir boşluk hissi bıraktı.

Ardından, deliğine biraz daha büyük bir şey bastırıldı. Marlene'in çantasından bir yapay penis daha. Bakir deliğe girerek daha sert itildi. Basılmaya devam ederken, Lesley bu oyuncağın çok daha uzun (ve daha kalın) olduğunu biliyordu ve bu da ona çok daha gergin bir his verdi.

Anüs ve rektumunun halkasının sınırına kadar zorlandığını hissetti. Sonra, orada tutuldu ve anüsüne, kıçında büyüklüğünde bir şeye alışması için zaman tanıdı.

Ardından, daha büyük yapay penis çekildi ve narin göt deliğinde bir boşluk hissi bıraktı.

Aniden, arka planda, bu emme / hıçkırık sesleri vardı. Lesley'nin Marlene'in muhtemelen Rob'un sikini emdiğini, onu sertleştirdiğini ve anal seks için yağlandığını fark etmesi bir saniye sürdü. O kaltak, diye düşündü Lesley.

Emme sesleri kesildi.

"Mutlu yıldönümleri kızım," dedi Marlene alaycı bir sesle.

Rob, "Mutlu yıldönümleri, hayatım," dedi.

Bu sefer Lesley, göt deliğine başka bir şeyin baskı yaptığını hissetti. Zordu ama yine de yumuşak bir his vardı. Hakkında hiç şüphe yoktu. Rob'un horozuydu. Kocası onu kıçından becermek üzereydi.

Çarşafını sıktı ve başına gelecekler için hazırlandı.

Rob itti. Siki girdi. Penetrasyon yavaş ve nazikti. Daha önce hiç kıçından düzülmediği için bunu bilmeyecek olsa da, neredeyse ona nüfuz eden bir uzman gibi hissettirdi.

Marlene'in Rob'a verdiği ipuçlarından olduğunu fark etti . Bu yüzden Rob onun kıçını bu kadar kolay becerebiliyordu. Ayrıca Marlene'in sağladığı tüm anal uyarım ve orgazm sayesinde oldu.

Her şey mükemmellik için çalışıyordu. Rob'un yarı büyük siki, kıçı çok dolu hissetmesine rağmen, rektumuna zahmetsizce nüfuz edebildi.

Sonunda, sonuna kadar içeri girdi ve Rob, karısının küçücük rektumunda dinlendi.

"İşte bu kızım," dedi Lesley'nin saçını sevgiyle okşamak için hareket eden Marlene. "Zor kısım bitti. Her şey içeride. Şimdi kendinizin ve orgazmın tadını çıkarın."

En iyi arkadaşlar el ele tutuşup birbirlerinin gözlerinin içine bakarken Rob yavaşça sikini geri çekti ve sonra bir hamle yaptı.

"Ah..." Lesley nefesini tuttu. "Tanrı..."

"Sakin ol kızım. İyi gidiyorsun."

Kıçının içindeki zonklayan horoz bu hareketi tekrarladı. Rob geri çekildi, sonra bir kez daha itti, bu sefer biraz daha sertti, Marlene'in daha önce ona özel olarak yapmasını söylediği şeyi.

Daha fazla itme geldi. Her itişte Lesley'in gövdesi yatağın daha derinlerine itildi. Yüzü çarşafa daha çok bastırdı. Yatak sallandı. Saçları ileri geri dalgalandı. Küçük göğüsleri sallanıyordu.

Kısa süre sonra, Lesley kendini tam bir eşek dövmesi yaparken buldu. Yatak sallandı ve Lesley ağlamaya başladı.

"Sorun değil canım," dedi Marlene güven verici bir sesle, gözyaşlarını silerek. "Çok iyi gidiyorsun. Kıçın bunun için yaratılmış. Kocan işini bitirene kadar kıç sikişme bağımlısı olacaksın."

Kıçını sürülmeye devam ederken Lesley bunun nasıl doğru olabileceğini merak etti. Acıtıyordu ama aynı zamanda iyi hissettiriyordu. Acı ve zevkin mükemmel kontrastı gibiydi. İnancın ötesinde gerildi. Ama aynı zamanda, rektal sinir uçları, mümkün olduğunu düşünmediği şekillerde uyarılmıştı.

"Aman tanrım" diye bağırdı Lesley. "Benim göt deliğim!"

Vurma devam ederken gözyaşları Lesley'nin yüzünden aşağı yuvarlandı . Durmasını isteyebilirdi. Bitmesi için yalvarabilirdi. Ama yapmadı. Vücudunun yeni bölgelerine giriyordu. Cinselliğiyle ilgili yeni şeyler yaşıyordu. Ve her saniyesini seviyordu.

Hala deli gibi acıyordu. Ama inkar edilemez bir tatmin duygusu vardı. Marlene, Lesley'nin hissettiği zevki hissetti ve Rob'a hafifçe başını salladı, bu onların işaretiydi.

Aniden, Rob tam hızda sikişmeye başladı. Lesley yüksek sesle bağırdı, narin küçük göt deliği kaldırabileceğini bilmediği bir güçle sürülürken gözyaşları yüzünden aşağı yuvarlandı .

"Aman Tanrım!!!!" sevgili yaşam için ağladı.

Sonra geldi. O sabah ikinci kez geldi. Öncekinden farklı bir orgazmdı. Akıcı ve eğlenceli değildi.

Hayır. Çiğdi. Saf. evcilleştirilmemiş. Bu onun ilkel şehvetinden kaynaklanan bir orgazmdı. Ve her yerde ciddi bir karışıklık yarattı.

Tanrıya şükür Marlene o havluyu yatağın üstüne koymuştu.

Orgazm o kadar yoğundu ki Lesley, Rob'un makatının içine boşaldığını ve küçük deliğini doldurduğunu fark etmemişti.

O sabah ikinci kez, Lesley yüzüstü yattı, çıplak kıçı açıkta, yatağa yığıldı.

Hem Rob hem de Marlene çalışmalarına hayran kaldılar: Sersemlemiş bir Lesley, saf orgazm mutluluğu içinde yatıyordu, bacaklarının arasında tamamen ıslaktı.

# SONSÖZ

Lesley, bir elinde küçük bir alışveriş çantası, diğerinde bir çantayla işten eve geldiğinde harika bir ruh halindeydi.

Çantasını merdivenlerin yanına koydu ve mutfakta hâlâ iş kıyafetleri içinde olan kocasının yanına geldi.

Küçük alışveriş çantasını elinde tutarken Rob'u dudaklarından öperek, "Üzgünüm biraz geciktim," dedi.

"Bu nedir?"

Gülümseyerek çantayı uzattı, "Bu... Marlene'in bana verdiği küçük, hoş bir hediye. Bir süre önce kahve içtik."

Lesley küçük bir şişe çıkardı ve çantayı mutfak tezgahına fırlattı. Şişe şeffaftı ve berrak bir sıvı sıvı içeriyordu. Ancak şişeyle ilgili en göze çarpan şey, yalnızca anal amaçlı olduğunu açıkça belirtmesiydi.

Aslında, şişedeki madde özellikle anal seks için yapılmıştır. Anal seksi çok daha kolay hale getirmek için yapılmış yeni bir üründü.

"Aman tanrım," dedi kaşlarını kaldırarak.

"Sikin. Kıçım. Hemen şimdi."

Lesley şişeyi kocasına uzattı. Arkasını döndü ve külotunu çıkardı ve yere fırlattı. Bacaklarını açarak eğildi ve ofis eteğinin arkasını kaldırdı. Sonra ellerini mutfak tezgahına koydu, eşek dışarıyı gösterdi.

Rob yeni yağ şişesini kıçına dökerken Lesley bahçeye baktı. Güzel bir gündü ve güneş batıyordu. Ne kadar şanslı bir kadın olduğunu anladı. Hayatının aşkıyla evliydi ve seks hayatlarını bir sonraki seviyeye taşımanın bir yolunu bulmuşlardı. Ayrıca, tüm bunları mümkün kılan mükemmel en iyi arkadaşı vardı.

Hayat güzeldi.

Basit bir itme ve Rob'un horozu küçük göt deliğine girdi. Bu noktada, Lesley poposunun onun horoz tarafından gerilmesine alışmıştı. Bu sefer daha kolay görünüyordu. Marlene haklıydı, o yeni yağ şişesi harikaydı, bu da Lesley'nin geleceğinde daha çok anal seks olacağı anlamına geliyordu .

# DAR POPO DELIĞI

# BÖLÜM I

Dick'in siki, Samantha'nın buruşuk, yağlanmış anüsüne yavaşça girdi ve sonra aynı hızda çıktı. Şehvetli sahne birkaç kez tekrarlandı ve kızın dar kanalının sıcaklığı kısa sürede onu daha fazlasını arzuladı. Çaresizce yavaş hız üzerindeki kontrol eksikliğini görmezden gelmeye çalışarak, poposunu boyunda aşağı yukarı hareket ettirirken karısına konsantre oldu. Bilekleri ve ayak bilekleri yatağa zincirliyken, seks oyuncağı olarak kullanılmanın yeniliğini kucaklamaktan başka seçeneği yoktu.

Olağandışı olaylar bir gün önce başladı. İşe giderken Dick'in cep telefonu beklendiği gibi sabah tam 7:10'da çaldı. Arayanın kimliğini kontrol etmeden bile , her sabah aynı saatte arayan karısı olduğunu biliyordu .

Aramayı eller serbest olarak yanıtlayan Dick, Samantha'yı sıcak bir şekilde selamladı,

"Merhaba Bebek."

"Hey! Beni şimdiden özledin mi?" Daha bir saat önce yollarını ayırdıkları için Samantha'nın sesi mizah doluydu.

Dick homurdandı,

"Elbette! Henüz iyi hikayeler okudun mu?"

Sabah egzersiz rutini sırasında Samantha, en sevdiği erotik edebiyat blogunda hikayeler okumaktan keyif aldı. 'Anal' ve 'BDSM' kategorilerini seçti ve her gün yeni keşifler bulmayı umdu. Biri onu gıdıklarsa, ayrı iş gezileri sırasında Dick'e ayrıntılı olarak söyledi.

"Aslında çok sıcak bir 'Anal' hikayesi okudum," dedi özlemle. "Bir koca ceza olarak karısını bağladı ve sonra onu kıçından çok sert bir şekilde geçirdi. Bu beni çok azgın yaptı."

Onun o kadar da belirsiz olmayan ipucunu yakalayan Dick'in sesi yumuşaktı.

"Gerçekten mi".

"Biliyorsun... tuhaf oyunlar oynamayalı uzun zaman oldu. Ve... şey... Son zamanlarda çok yaramaz bir kız oldum. Cezayı hak ettiğimden oldukça eminim," Pişman olmak için elimden gelenin en iyisini yaparak acılı görünmeyi başardı.

Samantha, Dick için bir nimet olan anal seksi gerçekten seviyordu. Sorun, anal orgazm sırasında şeytan gibi çığlık atmasıydı. Genç çocuklar hala evdeyken, kendilerini kurtarma şansları çok azdı.

Karısının sapıkça seks için çaresiz olduğunu bilen Dick, onun pek de ince olmayan davetini büyük bir adımla kabul etti. O haklı; vahşi bir gecenin tadını çıkarmayalı uzun zaman olmuştu. Gerçekte, gizli bir seks randevusu teklif etmesinin bu kadar uzun sürmesine şaşırmıştı ve konuşmalarının yönünü tamamen kabul etti.

Dick, Samantha'nın bariz isteğine yanıt vererek üzerine düşeni yaptı. "Cezayı gerçekten hak edip etmediğine ben karar vereceğim. Şimdi bana ne yaptığını anlat," dedi otoriter bir sesle.

"Eh, bir şey için, şu anda hız yapıyorum," Samantha bunun zayıf bir çaba olduğunu biliyordu, ama bu sadece ilk adımdı.

Dick iç geçirdi, hayal kırıklığına uğradı, "Her gün acelen var. Bu gerçekten bir cezaya değmez."

"Oh", hatasını umursamadan ikinci adıma hazırdı. "İşe gitmeden önce cüzdanından 30 dolar borç almıştım."

Dick kıkırdadı, "Tamam... pek de sürpriz değil. Çoğu gün kendimi kişisel ATM'niz gibi hissediyorum. Hepsi bu mu?" Becerikli karısından daha fazlasını bekleyerek sordu.

En iyisini sona saklayan Samantha, başarının eşiğinde olduğundan emindi.

" Görünüşe göre Morrisonlar bizi Cuma gecesi yemeğe davet etti ve ben de katılmayı çok istediğimizi söyledim."

Dick istenmeyen haberleri işlerken birkaç dakika ölüm sessizliği oldu. Morrison'larla vakit geçirmekten hoşlanmadığını gayet iyi biliyordu. Karısı, Samantha'nın sevgili bir arkadaşı olmasına rağmen, kocası sosyal açıdan garipti.

"Küçüğüm," dedi Dick, yüksek sesle boğazını temizledikten sonra, "bunun için gerçekten biraz cezayı hak ediyorsun. Bakalım yarın öğleden sonra programımda yer açmak için ne yapabilirim."

Dick seks oyuncağı lakabını kullandığında, Samantha'nın amı gerildi. Vücudunu zevk için kullanırken kocasının insafına kalmak en heyecanlısıydı. Neyse ki ertesi gün öğlene kadar hazır olacaktı, ki bu mükemmel bir zamandı.

Başarı karşısında sersemlemiş olan Samantha sevincini güçlükle bastırdı.

"Ah oğlum! Um, yani... ah hayır! Peki, suça uygun olduğunu düşündüğün cezayı kabul etmem gerekecek. Ama son zamanlarda kıçım dışarıda bırakıldığı için çok kötü hissediyor."

Morrison'larla yaklaşan akşam yemeği için üzgün olan Dick, karısını kısmi intikam olarak alay etmeye karar verdi.

"Belki de cezan anal ilişkiyi bırakmaktır," diye şaka yaptı daha ciddi sesiyle.

Şaşıran Samantha neredeyse boğulacaktı.

"Bebeğim, ceza her zaman anal olmalı!"

"Talepte bulunacak durumda değilsin Küçüğüm." Dick yüzünde alaycı bir gülümsemeyle işkencesine devam etti. "Talebinizi dikkate alacağım, ama yanına kâr kalmasın. Bu oldukça ciddi bir ihlaldi. Şimdi işe başlıyorum. Daha sonra konuşabiliriz."

Cesareti kırılan Samantha yanıtladı:

"Seni seviyorum".

"Ben de seni seviyorum," diye kapattı Dick, karısına bir tane verdiği için kendinden memnundu.

Arabasında, Samantha olayların dönüşünden dehşete düştü. Sert bir anal seansı başlatmak için yaptığı zekice planı aniden raydan çıkmıştı.

Elbette, Dick garip bir sert eşek seansını ne kadar istediğini biliyor olmalı!

Onu itaat etmeye ikna edebileceğini varsayan Samantha, ona biraz Margarita vermek için çabucak bir plan yaptı. Vücuda ağır bir tekila darbesi vurarak onun hevesli kıçının cazibesine karşı koyabilmesinin hiçbir yolu yoktu ve kadın ihtiyaçlarını karşılayacak yeri biliyordu.

# BÖLÜM II

Ertesi gün Samantha ve Dick kendilerini öğle yemeğinden hemen önce evde buldular. En sevdiği Meksika restoranına hızlı bir gezi önerdiğinde, kabul etti. Sadece içecekler güçlü değildi, yemekler mükemmeldi ve en önemlisi servis hızlıydı.

Her zamanki gibi tenha bir kabin istediler. Oturduktan sonra, en sevdiğiniz Margaritalardan ikisi sihirli bir şekilde masanın üzerinde belirdi ve yemek siparişiniz çabucak halledildi. Ön hazırlıkların sona ermesiyle birlikte yudumladılar ve rahatladılar.

Çok doğrudan bir insan olan Samantha, açıkça konuşmaktan çekinmedi. Dick'in anal seks yapmamak gibi saçma fikrini unuttuğunu umarak şansını denemeye karar verdi.

"Hey bebeğim, çok azdım. Bu gece çıldıracağız," dedi ve ona anlamlı bir şekilde göz kırptı.

Dick, Samantha'nın anal oyundan kaçınma tehdidinden endişe duyduğunu tahmin ederek kıkırdadı. Onun kıçını uzun süre ve sert bir şekilde delmek gibi bir niyeti olmasına rağmen, oyununa devam etmenin eğlenceli olacağını düşündü.

Tek kaşını kaldırarak ve maşasını yukarı kaldırarak, "Bugün, bunu düşük anahtarda tutacağız. Ne de olsa Ufaklık, cezayı hak ediyorsun," dedi.

" Haha , çok komik. Ciddi ol ve dalga geçmeyi bırak," dedi bariz endişesini gizlemeye çalışarak.

Normalde berbat bir aktör olmasına rağmen, Dick performansından emindi. Samantha gerçekten gözlerinin önünde kıvranıyordu ve bu oldukça eğlenceliydi.

Eğilerek sert bir şekilde könuştu:

"Hata yapma, benim kararım verildi."

"Ama tatlım, ben yatağa bağlıyken kıçımı becermekten zevk almıyor musun? Beni dizlerimin üstüne koyabilir, kıçımı kaldırabilir ve benimle ne istersen yapabilirsin." Erotik bir görüntü çizerek onu baştan çıkarmaya çalıştı. "Sert sikinin küçük deliğime battığını hayal et... beni gelmeye zorladığında çığlık attığımı hayal et... sikinin yükünü içime boşaltırken kıçımın sıkıştığını düşün! Hadi, bana iyi bir miktar vermene ihtiyacım var. arka kapımda cum! Lütfen ...!"

Samantha'nın anal coşkusundan her zaman etkilenen Dick'in siki hemen sertleşti. Ah evet, hepsini ve daha fazlasını yapmayı planladım. Ama o an için, maskaralığın tadını çıkarıyordu.

"Kararımı verdim. Anal, esaret ve ceza bugün söz konusu değil," dedi ilgisiz görünmeyi başararak.

Samantha'nın yüzünün hüsranla titrediğini görmek Dick için son derece eğlenceliydi. Onun stratejisini değiştirmesini bekledi ve hayal kırıklığına uğramadı.

Samantha onu suçlamaya çalışarak hızla hareket etti.

"Ama bebeğim, beni anal sekse bağlayan sensin! Bir düşünürsen, bu gerçekten senin hatan. Bana iyi bir kıçı borçlusun!"

Açıklamasında biraz doğruluk payı vardı. Dick'in Samantha'yı anal seksin denemeye değer olduğuna ikna etmesi yirmi yıldan fazla sürmüştü. Anal orgazmların gerçek olduğunu ve vajinal orgazmla rekabet ettiğini anlayınca kimse onu durdurmadı. Bir anlamda, bu anal canavarı yaratmaktan sorumluydu.

Bundan sonra nereye gideceğini merak eden Dick, zincirini çekmeye devam etti, "Misyoner pozisyonu ve vajinal penetrasyon bugün için yeterli, küçüğüm."

Samantha'nın yüzü inanamayarak buruştu. Bu tür bir seks, çocuklar evde olduğu için sessiz olmaları gereken hafta içi geceleri için iyiydi. Ama bu kötü fırsat boşa harcanmayacak kadar değerliydi!

Elini dalkavukluk konusunda denemeye kararlı olan Samantha, hiçbir şeyi kaçırmadı.

"Tamam, dinle. Tamamen dürüst olacağım. Kıçımı dövmekte bu kadar iyi olmasaydın, anal seks yapmak bile istemezdim. Seninki gibi beceriler boşa harcanmamalı."

Şaşı, Dick'in yanıtı basitti:

"İyi deneme".

"Bebeğim lütfen beni bağla ve kıçımı becer! Oynamayalı çok uzun zaman oldu ve buna gerçekten ihtiyacım var," diye şikayet etti son çare olarak.

Dick başını salladı ve ona sempati duymayı düşündü. Onun pahasına bir şaka olduğunu ona itiraf ederse, sakinleşirdi. Konuşmak üzereyken birden onun çıplak ayağını doğrudan kasıklarında hissetti. Zaferle gülümserken ayak parmaklarıyla masanın altındaki kaya gibi sert ereksiyonunu nazikçe okşadı.

"Sürekli 'hayır' diyorsun ama sikin 'evet evet' diyor . Doğru muyum?" diye fısıldadı Samantha, gözleri sevinçle parlıyordu.

Aniden, pes etmek istemeyen Dick, birkaç derin nefes aldı ve çekici olmayan düşüncelere odaklanmaya çalıştı. Morrisons'ta akşam yemeği hayal etmek onu uçurumdan çıkardı.

Yavaş ve yumuşak bir şekilde konuşarak cevap verdi:

"Bugünkü kurallarım onaylandı."

Samantha omuz silkti ve içini çekti,

"Tamam, sen kazandın bebeğim. Öğle yemeğinin tadını çıkaralım ve eve gidelim. Kahretsin, belki biraz rahatlamalıyız. Biraz gergin görünüyorsun."

Siparişleri geldi ve çift, diğer konuları tartışırken onları çabucak yemeye başladı. Dick, Samantha'nın kaybetmeyi sevmediği için konuşmayı geride bırakmayı başarmasına şaşırdı.

Aklının bir köşesinde Samantha, günün erken saatlerinde yapılan hazırlıkların haklı olduğunu hissetti. Dick ateşle oynamayı seçmişti ve yakında yanacaktı. Hareket etmeye ve onun sikini kendi kıçına sokmaya tamamen hazırdı.

# BÖLÜM III

Çift eve vardıklarında doğruca yatak odalarına gittiler. Samantha kotunu ve beyaz düğmeli gömleğini yavaşça çıkarırken Dick yatağın köşesine oturdu. İyi bir striptiz yapmaktan hoşlandığını çok iyi bildiğinden, hareketlerini abarttığından emin oldu. Siyah dantelli sutyen ve ona uygun tangayı çıkarmak üzereyken kocasının yanına gitti ve onun önünde iç çamaşırını çıkardı.

Önünde çıplak duran Samantha, Dick'e dürüstçe baktı ve sordu:

"Tatlım, sana bir masaj yapabilir miyim? Benim tuhaflıklarıma karşı bu kadar sabırlı olduğun için bir masajı hak ediyorsun."

Dick, karısının kıçını anlamsızca dövmeye hazır olmasına rağmen, Samantha'nın düşünceli önerisi onu duygulandırdı. Masajları oldukça iyi ve zaman alıcıydı.

"Bu iyi bir anlaşma Küçük Olan. Devam et. Ama önce beni soyun."

Tatlı tatlı kızaran Samantha yanıtladı:

"Memnuniyetle".

Dick ceketini ve kravatını aşağıda bıraktığı için uzun sürmedi. Yatağa tırmandı ve tam arkasına çömeldi, dizlerini vücudunun iki yanına koydu. Göğsüne uzanarak gömleğinin düğmelerini çözdü ve çıkardı. Onu sade beyaz tişörtü izledi.

"Kalk ve arkanı dön," diye fısıldadı baştan çıkarıcı bir şekilde.

Dick, pelvisini doğrudan yüzünün önüne koyan talimatlarını izledi. Samantha onun gözlerinin içine bakarken kemerini çözdü, pantolonunun fermuarını açtı ve ardından fermuarı açtı. Asılarak, pantolonunu ve iç çamaşırını indirdi ve onu çıplak ve yarı dik bir halde bıraktı.

"Şimdi arkana yaslan ve parmaklarım işini yapsın," dedi yatağa hafifçe vururken.

Kabul etmekten mutlu olan Dick, yatağın ortasına yüzü aşağı bakacak şekilde uzandı. Yanından ayrıldıktan sonra, Samantha sırtının ortasına oturdu.

Omuzlarından başlayarak endişeyle konuştu:

"Ah bebeğim, kolların çok gergin! Başının üzerine koy ki tüm kas gruplarını çalıştırabileyim."

Dick, Samantha'nın amının altında sırtında oluşan ıslak nokta yüzünden çok dikkati dağılmıştı, ama isteğini kaydetmeyi başardı. Kollarını yastıklara doğru uzatırken, Samantha'nın kürek kemiklerinin arasına gelene kadar öne doğru kaydığını belli belirsiz fark etti. Yatağın kenarına eğildikten sonra, bir şey kapmış gibi oldu. Sonra, şimşek kadar hızlı, soğuk çeliği bileklerinde hissetti ve kelepçelerin belli belirsiz tıkırtısını duydu.

Ellerini çekerken Dick'in başı geriye döndü ve ellerini kısıtlanmış buldu. Gerçeklik sert vurdu; zayıf karısı onu daha yeni düşürmüştü, çok daha ağır olduğu için küçük bir şey değildi. Hemen ardından çevik şeytan vücudundan çıktı ve yanına oturdu.

Şakayla kesinlikle gurur duyan karısına bakmakta isteksiz olsa da, Dick başını yana çevirdi. Hemen dikkatini çeken şey, genişçe yayılmış uylukları arasında sergilenen kaygan amcıktı. Yüzüstü yakalandığı için kendini aptal gibi hissederek inledi.

"Ha! Seni tamamen aldattım!" diye bağırdı.

Dick, Samantha'nın övünmeye meyilli olduğu için bununla yetinmeyeceğini biliyordu. Genelde sakin olduğundan, onun sevincine katılmaya karar verdi, ancak durumu değerlendirmeye karar verdi.

"İyi hareket, Küçük Olan," diye kabul etti, her zaman nazikti. " Peki sonra ne olacak?"

Samantha çığlık atmayı bitirmemişti:

"Kutsal guacamole! Seni gerçekten yakaladım ! Keşke yüzündeki ifadeyi görseydin! Tam bir şiir!"

"Evet, beni ciddiye aldın. Peki oyununun sonu ne?"

Onun istemsiz kelime oyununa gülerek cevap verdi.

"Daha çok benim 'popo' oyunum gibi!"

Birkaç derin nefes alarak sakinleşti. Hoş Dick kesinlikle bir parçasıydı planın ve onu rahatlatmak istedi.

"Tamam, tamam! Ahh! Seçeneklerin bunlar. Kelepçeleri karyola direğine sabitlenmiş küçük bir zincir parçasına bağlayacağım. Böylece sırt üstü yuvarlanabilirsin. O yolu seçersen, ben yaparım. İyi kullanmak için sikini giy. Ama bir değişiklik için tamamen benim merhametime kalacaksın. Ya da ... Burada kalıp sen kestirirken benimle oynayabilirim. Tamamen sana kalmış aşkım. "

Dick hemen kararını verdi, ama bunun üzerine düşünerek bir gösteri yaptı,

"Bir bakalım, sikimi kullanmana ya da horlamak için bir bohça gibi burada yatmana izin verebilirim. Bir numaralı seçeneğe gideceğim."

Küçük bir kız gibi alkışlayan Samantha çok sevindi. Kinky oyunlar sırasında itaatkar bir rolü tercih ederken, Dick anal seksini reddetmekle tehdit ederek daha önce bilinmeyen bir sıcak düğmeye bastı. Onun aşırı önlemleri için kendisinden başka kimseyi suçlayamazdı .

"Harika!" Haykırdı. "Şimdi arkanı dön ve bacaklarını ayrı tut. Bileklerini zincirlemem gerekiyor."

Bir dirseğine yaslanan Dick, Samantha'nın yönlendirdiği gibi vücudunu çevirdi. Yataktan fırladı ve o gün şiltenin altına saklamış olması gereken bazı metal ayak bileklerini çıkardı.

Dick'in tüm uzuvları tutulduğunda, Samantha onun çalışmalarını gururla inceledi. Bakışlarını kocasının yüzüne sabitleyerek alnını şefkatle öptü.

"Merak etme bebeğim. Nazik olacağım," diye doğrudan kulağına fısıldadı.

Sessiz bir adam olan Dick, küçük hileciye güldü:

"Pekala, küçüğüm, beni tam da istediğin yerde bulmuşsun gibi görünüyor."

"Pekala, sana sahibim. Fark ettiğin için teşekkürler," diye güldü kapıya doğru giderken. " Şimdi kal _ hala ve hemen döneceğim."

Kısıtlanmak Dick için yeni bir deneyimdi. Çift, ilişkilerinin başlangıcından beri köleliğe dahil olmuştu ve birlikte geçirdikleri otuz yıl boyunca Samantha, sayısız saatlerini kelepçeli, zincirli ve hatta bir şarampole üzerinde geçirmişti. Daha önce işleri tersine çevirmekle ilgilendiğini hiç ifade etmemişti, bu yüzden bu beklenmedik bir dönüştü.

Dick, Samantha'nın onu yatağa bağlamak için büyük deneyiminden yararlanmasından etkilenmişti. Hareket kabiliyetini test ederken, ona acı vermeden onu korumayı başardığı için gerçekten gurur duyuyordu.

Kelepçeler bileklerini/ayak bileklerini çok sıkmamıştı ve uzuvları rahatsızlık verecek kadar gergin değildi. Sonuç olarak, oldukça başarılı bir çalışmaydı.

Samantha'nın geri döndüğünü ve odanın ortasında durduğunu fark ettikten sonra dikkati başka yöne kaydı.

Etkinlik için giyindiğini söylemek yetersiz kalırdı.

# BÖLÜM IV

"Gördüklerini beğendin mi?" Samantha'nın gözleri, onun için yeni kıyafetiyle modellik yaparken yaramaz bir şekilde parladı.

Genellikle yumuşak, feminen iç çamaşırlarını tercih ederdi ama bu öğleden sonra yeni bir yöne gitmişti. Askısız siyah deri korse, ona kontrolü elinde tutan bir kadın görünümü verdi. Zaten küçük olduğu için ince belini daha da öne çıkarırken, küçük göğüslerini daha büyük göstermeyi başarmıştı. Külotsuz kalmayı seçti , tüysüz seksini izleme zevki için açıkta bıraktı. Biraz daha aşağıda, uyluğuna kadar uzanan şeffaf siyah çoraplar, kaslı bacaklarını sarıyordu. Erotik kombinini tamamlarken sert görünümlü siyah stilettolar giydi.

Dick'in ağzı açık kalmıştı, böylesine cüretkar bir kıyafet giymiş olan karısının görünüşüne hayretle bakıyordu.

"Kahretsin! ÇOK ateşli görünüyorsun, Küçük Olan!"

Ondan uzaklaşarak kalçalarını yana yatırdı ve poposunu okşadı. Şimdi horozu tam bir direğe dönüştüğü için, yatağa bağlı olduğunu hatırlamadan önce kısa bir süre ayağa kalkmak için mücadele etti.

"Küçüğüm, kalkmama izin ver, kıçına hayatının en zor yolculuğunu yaşatayım," dedi pazarlık etmeye çalışarak.

Samantha gülerek başını salladı,

" Ah , zor bir yolculuk yapacağım, merak etme. Şansın vardı ve onu mahvettin. İstediğimi kendi başıma almayı planlıyorum."

"Hadi ama! Ben sadece anal seks yapmamak konusunda şaka yapıyordum. Hadi yer değiştirelim," diye yalvardı.

Samantha omuz silkti ve yanıtladı:

"Yanlış tuşa bastın bebeğim. Olan oldu. Şimdi konuşmakta ısrar edersen, sonuçları olur."

" Ama , " diye başladı.

"Aynen öyle! Ama..." diye yanıtladı parmaklarıyla tırnak işaretleri yaparak. "Bu oyunun adı bu. Şimdi, seni susman ve itaat etmemen için uyardım."

Samantha işaret parmağıyla ağzının kenarına dokundu ve gözlerini sahte bir konsantrasyonla kıstı.

"Bir bakalım, senin itaatsizliğinle nasıl başa çıkacağım? Hey, benim bir fikrim var," dedi ciddi ciddi ellerini sallayarak. "Sürpriz yapmak yerine ağzını beni memnun etmek için kullanmalısın!"

Oyunun devam ettiğini hisseden Dick, sözlü olarak yanıt verip vermeyeceğinden emin değildi. Akıllıca başını sallayarak onay vermeyi seçti. Samantha'nın çirkin kıyafeti ve müstehcen tavrı, onun vücuduyla her türlü teması arzulamasına neden oldu.

"Ah, görüyorum ki hızlı öğreniyorsun," dedi. "Ağzını işe koyalım. İyi bir çocuk gibi yaramaz deliğimi yalamanı istiyorum."

Dick bir kez daha, kabul etmekten mutlu bir şekilde, vurgulayarak başını salladı. Samantha'ya bu 'rol değiştirme' anına izin vermek , koşullar altında tam olarak doğru görünüyordu ve yolculukta ona eşlik etmekten mutluydu.

Kocasını itmemeye dikkat eden Samantha, sürünerek yatağa geri döndü. Onu boynuna attı ve diz çöktü , arkasını doğrudan yüzünün üzerine koydu. Her zaman alay ederek, ellerini kalçalarının yumuşak kıvrımlarında ovuştururken leğen kemiğini döndürdü.

"Şimdi bana biraz zevk ver... kıçımdan," dedi otoriter bir sesle.

Samantha, Dick'in vücudunun, bastırmaya çalıştığı kahkahalardan sarsıldığını hissetti. Karısını öpmek gerçekten bir ceza değildi ve kıçını yalarken onun azgın olmasını izlemek tahrik ediciydi. Sonuç olarak, onu memnun etmekten çok mutluydu.

Samantha gülümseyerek eğildi ve bacaklarının arasına baktı,

"Sana çok özel bir yere girme izni veriyorum bebeğim."

Sanki değerli bir hediyeyi ortaya koyuyormuş gibi ellerini tombul poposunun ortasına kaydırdı ve kremsi beyaz kalçalarını ayırdı. Orada, Dick'in izleme zevki için onun narin yıldızı vardı. Gün ışığında, onun isimsiz girişini oluşturan kıvrımların her birini kolaylıkla takdir edebiliyordu. Teninin geri kalanından biraz daha koyu olan ton, ona neredeyse egzotik bir görünüm kazandırdı. Genel olarak, çok çekici bir hedefti ve onu vurmaktan asla bıkmadı.

Durmasını yanlış yorumlayan Samantha, cesaret verici sözler söyledi:

"Hadi bebeğim. Ne yapacağını biliyorsun. Ağzını kıçıma koy."

Dick zevkle dudaklarını büzdü ve onları şimdi beklentiyle titreyen Samantha'nın anüsüne bastırdı. Sevgiyle kemirdi, emdi ve küçük çemberin etrafını öperek karısından yumuşak iniltiler aldı. Amatör değildi, arka kapısının etrafındaki kırışmış deriyi nasıl idare edeceğini çok iyi biliyordu.

Samantha, anal uyarım sırasında yaşadığı zevke sonsuza kadar hayran kaldı. Aklında, anal seksin doğal bir cinsel eylem olduğunu, tabu statüsünü hak etmediğini kanıtladı. Çok geçmeden, ağzında eriyen ağzının enfes hissi, onu dengede tuttu ve daha fazlasını arzuladı.

"Bebeğim ... lütfen! Dilini kıçıma kaydır ve beni cum yap." diye inledi.

İki kez söylemesine gerek yoktu. Dick son derece cömert bir aşıktı ve onun sınırlarını zorlamayı umuyordu. Karısının yüzsüzce sunduğu deliğe uygun bir şekilde girmeden önce dilini dışarı çıkararak elinden geldiğince sertleştirdi.

Samantha yardım etmek için, dili zevk aldığı yerin gergin girişinden zar zor görünene kadar vücudunu yavaşça indirdi. Hassas ucundaki yakıcı sıcaklık onu o kadar derinden etkiledi ki bir an için nefesini kesti. Tam bir penetrasyon için can atan Samantha, ağzına son düşüşüne başladı.

"Siktir bebeğim. Bu çok iyi hissettiriyor! Oooooh !" Samantha amansız diliyle kıçını onun üzerinde hareket ettirmeye başladı.

Dick bariz ipuçlarını aldı ve tadına baktı. Yavaş ama emin adımlarla dili maksimum yakın temasa ulaştı. Her zamanki gibi, dış sfinkteri, başlangıçtaki bir direnişten sonra onun müdahalesini kabul etti. Bu bariyeri geçtikten sonra, onun en esnek olmayan iç büzgen kasını geçecek kadar derine itti.

" Aaahhhh ! Bebeğim! Lütfen! Beni cum yap!"

Penisinden önemli ölçüde daha küçük olmasına rağmen, Dick'in dili, el becerisiyle boyut uyuşmazlığını telafi etti. Dilini yuvarlamakla kadının en özel yerine girip çıkmak arasında gidip geldi. Acele etmeden, onun ihtiyacını karşılamaktan mutluydu. Çenesinde biriken am suyunun miktarına bakılırsa, kadının yakında doruğa çıkacağını biliyordu.

Dick sihrini onun poposuna uygularken, Samantha kendinden geçmişti. Bütün gün biraz sabırsızlıkla bu anı beklemişti. Onun şehvetli dudaklarını ve yetenekli dilini mahrem bölgesinde hissetmek vücudunda bir rahatlama dalgası yarattı. Aynı zamanda, artmakta olan cinsel gerilim patlamanın eşiğindeydi. Zevk aldığı ilginç bir tezattı.

Dick, Samantha'nın cinsel dürtüleriyle ilgilenmeye birkaç dakika harcadıktan sonra, duruşunun değiştiğini hissetti. Sırtını kamburlaştırarak, poposunu dili için açık tutarken, yüzünün üzerinde yavaşça yukarı ve aşağı hareket etmeye başladı. Gelmek üzereydi ve kendini bundan sonra olacaklara hazırladı.

Birden sertleşti. Çaresiz bir destek bulmak için ellerini göğsüne kaydırdı ve yüzünü minnetle küçük kalçaları arasında bıraktı. Zar zor nefes alıyordu, cesurca ilerlemeye devam etti.

Samantha orgazm uçurumundan hızla düşerken zaman durmuş gibiydi. Anüsünün ortasında küçük bir kıvılcım olarak başlayan şey, kısa sürede tüm vücuduna vahşi bir ateş gibi yayıldı. O anda, pelvisindeki her kas, kutsanmış salıvermenin onu talep ettiği gibi ritmik olarak kasılmaya ve gevşemeye başladı.

" Ohhhh Tanrım!" Ciğerlerinin tepesinde uludu, başı coşkuyla geriye atıldı.

Birkaç saniye sonra, Samantha topalladı ve Dick'in karnının üzerine düştü ve poposunu yüzünden çekti. Mırıldanarak bir an için tutarsız göründü ama hareket etmeyi ve başını göğsüne yaslayarak onun yanında kalmayı başardı. Onu okşayarak, tatmin olmuş bir seks kedisi gibi mırladı.

Zaten daha rahatlamış olan Susan sonunda mırıldandı:

"Bebeğim, bu harika hissettirdi. İstersen şimdi konuşabilirsin.

"Hayır. İyiyim," onun kibirli cevabı oldu.

Yüzüne bakınca sırıttı:

"Gerçekten mi? Söylemek istediğin bir şey yok mu?"

Tek tepkisi şaşkın bir ifadeyle başını sallamak oldu. Bazen kelimeler gerekli değildi.

Dick'in sessizlik yeminini kabul eden Samantha'nın odağı, penisinin kalçaları arasında gururla sallandığını fark ettiğinde aniden değişti. Zarif bir şekilde bir damla precum ile kaplanmış, onu cinsel düzeyde çağırdı. Son zirvesinin gücünden bitkin olmasına rağmen, kıçına onun horozuna ihtiyacı vardı ve daha azına razı olmazdı. Yadsınamaz arzusuyla harekete geçerek uzandı ve adamın zonklayan erkekliğini iki eliyle kavradı.

"Hmmm, çok yakında konuşacaksın," diye kendinden emin bir şekilde yanıtladı ve horozunu okşadı ve tükürükle doldurdu.

Genel olarak, Samantha üstte olma hayranı değildi ve cinsel ilişki sırasında Dick'in erkek gücünün gücünü emmeyi tercih etti. Bunun onun parlamak için baskın an olduğunu fark ederek, Dick'e en iyi görüşü verecek pozisyona karar verdi. Ayakkabılarını çıkardıktan sonra öne doğru kaydı ve çömelerek onun ayaklarına baktı. Dizlerinin üzerinde dengede dururken, kıçı baştan çıkarıcı bir şekilde onun ereksiyonunun üzerinde gezindi.

Samantha'nın gerçek bir anal tatmine ihtiyacı vardı ve artık zamanı gelmişti.

"Hazır ol, bebeğim. Kıçımla sikine tecavüz edeceğim," diye fısıldadı şehvetle dolu bir sesle.

Arkasına uzanarak sağ eliyle horozunu yakaladı ve diğerini sol kalçasını yana çekmek için kullandı. Hassas bir şekilde onun erkekliğini aç deliğine yasladı ve girişinde başını ovuşturdu. Precum ve tükürüğünün birleşimi etkili bir kayganlaştırıcıydı ve deneyimlerinden bunun geçişini kolaylaştırmak için yeterli olacağını biliyordu.

Dick, horozu dışarı çıktığında kelepçesini hissetti. Arka girişinde tamamen oturana kadar dikkatlice monte etmeye devam etti. İlk anal deneyiminden çok uzak olmasına rağmen, Dick yine de Samantha'nın kıçının sikini sardığı için olağanüstü görüntüsünü takdir ediyordu. Güçlü imajdan asla yorulmadan, sadece onun kendi bakış açısına ulaşmasını diledi.

Kızın sıcak etine sımsıkı yapışarak, dar kanalda çılgınca ilerlemenin yarattığı tatlı sürtünmeyi özlemişti. Ama şimdilik, Samantha'nın sürmesine ve zamanını beklemesine izin vermekle yetindi.

Yerleştirme ve uyum süreci boyunca inledikten sonra, Samantha sonunda büyük bir gururla konuştu:

"Bebeğim bak! Seni kıçımın derinliklerine ittim, tek başıma!"

Dick'in poposundaki kalın organın varlığı Samantha'yı her zaman yörüngeye oturturdu, çünkü hassas dokusunun gerilmesi neredeyse orgazm olmaya yetiyordu. Ancak, Nirvana'nın sınırında olmak, oraya ulaşmak kadar iyi değildi. Hala yapılacak işler vardı. İki elini kalçalarına koyup sırtını bükerek kendini son tura hazırladı.

Kararlılıkla onun sert boyunun üzerine yükselmeye ve düşmeye başladı. İlk başta, makul bir hızda ayarlamaya çalışırken kasıtlıydı. Hız kazanmaya çalışırken, Dick'in yardımı olmadan bunun oldukça zor olduğunu fark etti. Zarif bir şekilde, onun horozunu yerinden çıkarmadan hissine geçmeyi başardı. Ancak kısa sürede, onun küçük boyunun, istediği ceza oranını elde etmeyi imkansız kıldığı anlaşıldı.

Birkaç dakika Samantha'nın çabalarından sonra, Dick'in çaresizliği dayanılmaz hale geldi. Bu mezenin tadını çıkarmasına rağmen, horozu ana yemek için aç kaldı. Yine de kendini tuttu ve tanığı kendisine iletmesini bekledi.

"Bebeğim, ben ... bu ... zor," diye sonunda itiraf etti, kendi kıçıyla geçinemedi.

Dick, egemen devlet konumunu yeniden almaya hazırdı. Samantha'nın bir sonraki alçalması sırasında, beklenmedik bir şekilde kalçalarını hareket ettirdi. Sonuç olarak, Samantha geriye doğru düştü ve horozunu hala diri diri tuttu. Sırtını onun göğsüne dayayarak yere indi, denedi ve doğrulamadı. Dick, hareket halindeyken birkaç saniye bekledi ve pozisyonunun sabit olduğundan emin oldu.

"Şimdi söyle bana Küçük Olan, sorumlu kim," diye fısıldadı.

Yardımla rahatlayan Samantha'nın isteği basitti:

"Tanrı aşkına, beni oyala bebeğim."

Dick sonunda pozisyonundan memnun kaldığında muhtaç kıçını bıraktı. Bir bronko gibi zıplayarak, pelvisini biraz yukarısında tutarken ona aşağıdan şiddetle vurdu. Çığlıkları, iniltileri ve "DAHA FAZLASI" için yalvarmaları kulaklarına müzik gibi geliyordu. Karısı anal seksi gerçekten seviyordu... bundan emindi.

Artık Dick ona çok ihtiyaç duyduğu şeyi verdiğine göre, Samantha cennetteydi. Göreceli konumlarına rağmen, memnuniyetle onun vücuduna sahip çıkmasına izin vererek onu kendi haline getirdi. Büyük ve güçlü, siki onu dilinin alamayacağı kadar etkiledi ve iç duvarlarını batırdığı derinlikler onu kısa sürede başka bir doruğa hazırladı. Kıçından zevk alırken hırladığını duymak, sonunda Samantha'yı sınırına kadar zorladı.

"Lütfen! Durma!" O yalvardı.

Karısını uçurumun kenarında hisseden Dick, çok geçmeden çılgınca çabalarının karşılığını aldı. Sonunda yenik düştüğünde, kıçı insanüstü bir güçle horozunu sıktı. Ritmik kasılmaları başladığında, hak edilmiş bir orgazmın vücudunu ele geçirmesine izin verdi. Adını şehvetli bir zevkle haykırırken, tohumunun akışı ardı ardına onun sert şehvetine fışkırdı.

Vücut spazmlarının zirvesinde olan Samantha, ona adıyla hitap ettiğinde duygusal bir doruğa ulaştı. Dick'i onunkilerden biriyle orgazm olmaya teşvik etmekten daha büyük bir ödül yoktu ve o bu cinsel aceleyle başarılı oldu. Bedenleri uyum içinde titrerken, içgüdüsel olarak kalçalarını bir çapa gibi kavradı.

Samantha, cinsel tsunamiyi atlattıktan sonra onun üzerine çöktü. Cinsel tatmininin kaynağıyla bağlantısını kesmeye çalışmadan önce birkaç saniye el yordamıyla baktı. Kusursuz 'Dirty Girl' kıçına boşalmasından zevk aldı ve elinden geleni kurtarmak istedi. Şaşırtıcı bir şekilde, ayağa kalkıp her şeyi tek bir hareketle bükmeyi, vücudunun uzunluğunu yayarak başardı. Doymuş Dick, hala kelepçelerle tutulmuş olmasına rağmen rahatlamasına izin vermekle yetindi.

Yavaş kalp atış hızını dinlerken, Samantha uyuyor olabileceğini hissetti ve öğleden sonra seks oyuncağını serbest bırakabileceğine karar verdi.

Kısaca, intikam isteyip istemediğini merak etti. Tüm kalbiyle bunu bekliyordu...

Sadece zaman _ söyle .

# ARKA GİRİŞİ KEŞFETMEK

Kıkırdadım ve yatakta yuvarlandım.

Perdelerden sızan loş ışık bana onun her zamankinden biraz daha geç yattığını söylüyordu.

İç çektim ve yorganı daha da yaklaştırdım.

Kız arkadaşımın yanımda hafifçe kıpırdadığını, çıplak kıçını bacağımın yan tarafına bastırdığını hissettim.

Önceki gecenin anıları sabah sisinin arasından geri gelmeye başladı.

Şehirde arkadaşlarla dışarıda, akşam yemeği ve sohbet için sakin bir gece geçirdik.

Kız arkadaşım Cinthya gecenin erken saatlerinde yazı tura atmayı kazanmıştı, bu yüzden bu sefer atanmış sürücü bendim.

Arkadaşlarımızdan ayrılıp arabaya geri dönerken biraz tökezledi ve düşmesin diye onu kaldırdım.

Bir öpücükle gizlice dışarı çıkma ve güzel kıçını tutma fırsatını değerlendirdim, ciyaklamasına ve şakacı bir şekilde bana tokat atmasına neden oldum.

"Üzgünüm, dayanamadım," dedim göz kırparak tekrar kollarıma girerken.

Güldü ve elini kasıklarıma kaydırdı ve hafifçe okşadı.

"Ben de yapamadım" diye kıkırdadı.

Ben de güldüm ve arabaya binerken dramatik bir şekilde eğilerek kapıya kadar ona yardım ettim.

Kapıyı kapatmadan önce önünde durdum ve hala direnip dayanamadığını sordum.

Bir kahkaha atarak uzandı ve kasıklarımı tekrar ovuşturdu, ilk seferden daha yavaş ve kesinlikle daha az şakacıydı.

Biraz daha sertleştiğimi hissettim ama önümde yarım saatlik bir yol olduğunu bildiğimden geri geri gidip kapıyı kapattım.

Evime dönerken akşamımız hakkında konuştuk ve tartışma Cinthya'nın uzun süredir erkek arkadaşından kısa süre önce ayrılan arkadaşı July'ye döndü.

July çok açık bir tişört giymişti ve Cinthya gülümseyerek onun kendisini birkaç kez muayene ettiğini fark ettiğini söyledi.

Yapmadığımı iddia etmeye çalıştım ama boşuna, itham edildiği gibi suçluydum.

Cinthya sorun olmadığını ve göğüsleri herkesin görebileceği şekilde sergilendiği için onu kontrol etmemenin zor olacağını söyledi.

"Ve kabalıktan bahsetmişken..." eli bir kez daha kasıklarımı ovuştururken alay etti. "Bu, Temmuz'u düşünmek için mi?" Avucunu sert horozum boyunca ovuştururken sordu.

"Hayır, sadece seni eve ve yatağa götürmeyi düşünüyordum," dedim, sağ elimle göğsünü tutmak için hızla uzanarak.

Çığlık attı ve sikimi kot pantolonumun içinden geçirdi.

Beni ovuşturarak, "Eve gidene kadar beklemek istemediğin için üzgünüm," dedi.

Cinthya pantolonumun fermuarını açtı ve biraz çabayla aletimi iç çamaşırımdan çıkardı.

"Ahhh, işte burada," dedi kaya gibi sert organımı okşarken. "Eve gidene kadar bekleyebileceğini sanmıyorum," diye şaka yaptı, "Bence şu anda oynamak istiyor."

Bununla birlikte eğildi ve başını kucağıma yasladı ve dilini yavaşça sikimin başında gezdirdi.

O benimle alay ederken inledim ve direksiyonu sıktım.

Yolda araba sürerken ağzına hiç sik kafası girmemişti ve bunu yapılacaklar listesinden kontrol etmekten heyecan duyuyordu.

Ağzını penisime kaydırdı ve dilini etrafında döndürdü.

Bir inilti ile başını aşağı yukarı hareket ettirmeye başladı, sıcak ağzı beni deli ediyordu.

Yüksek sesle inledim ve aletini emdiğinde saçlarının çekilmesini sevdiğini bilerek bir elimi başının arkasına götürdüm.

O beni emmeye devam ederken arabayı höpürdetme sesi doldurdu ama bizi eve sağ salim götürmek için odaklanmam gereken her zerre enerjiyi kullandım.

Ağzını sikimden çekti ve tekrar emmeden önce "Tadın çok güzel" diye inledi.

yaklaştığımı biliyordum, bu yüzden ona yavaşlamasının daha iyi olacağını söyledim, ama bu, kafasını aletimde daha da hızlı sallamaya başladığından beni görmezden gelmesine neden oldu.

Bir dur işaretine yaklaşıyorduk ve görünürde araba yoktu, bu yüzden kenara çektim, saçını sıkıca tuttum ve ağzına bir ton sperm döktüm.

Cinthya ağzına tekrar tekrar sıçrayan cum hissettiğinde inledi.

En son ne zaman bu kadar sert geldiğimi hatırlamıyordum.

Yavaşça doğruldu ve ağzındaki her damlayı yutarken gözlerimin içine baktı.

"Beni eve götür," diye talep etti, parmaklarının eteğinden yukarı kaydığını ve külotunun altında fazladan çalıştığını fark ettiğimde.

* * *

gecelerin anılarını kafamda yeniden yaşadıktan sonra şimdi zonklayan ereksiyonumu dalgınlıkla okşadığımı fark ettim .

Yanıma sokulmadan önce gerindi ve esnedi, eli aşağı doğru hareket ederek elimi sikimden uzaklaştırdı.

"Bu benim" dedi parmakları hafifçe bana dokunurken.

"Hepsi senin" dedim ve ellerimi elinden çekmemiş gibi yaptım.

Yavaşça kendini yatağa indirmeye başladı, hareket ederken çarşafları ve örtüleri üzerimden çekti.

"Cehennem evet, hepsi benim," diye inledi, sikimin başını hafifçe öpmeden önce karnımdan aşağı doğru öptü.

Başka bir öpücük, başka bir küçük öpücüğe yol açtı ve kısa süre sonra tüm aletimi bir kez daha ağzına aldı.

Beni oral seksle uyandırmaktan ne kadar zevk aldığımı biliyordu ama dün geceden sonra onun da biraz eğlenmesini istiyordum.

Bacaklarına uzanırken, "Sahip olduğun o seksi küçük kediciği buraya getir," diye talepte bulundum.

"Bu sabah aç olan bir tek sen değilsin," diye takıldım.

Kötü şakama gözlerini devirerek bacaklarını çevirdi ve çok geçmeden klasik 69 pozisyonundaydık.

Sikimi onun sıcak, ıslak ağzında hissetmeyi ne kadar sevsem de, onun inanılmaz küçük amıyla oynamaktan daha çok keyif aldım.

Dilim yavaşça dudakları boyunca kaydırıldı ve ağzı yavaşça aletimde yukarı ve aşağı hareket ederken Cinthya'dan bir inilti çıkardım.

Parmakları taşaklarımla çok hafif oynuyordu ve zaman zaman aletimi ağzından çıkarıp okşuyor ve amını yememi söylüyordu.

Ellerimi bacaklarının etrafında hareket ettirdim, böylece parmaklarımı şimdi onun sırılsıklam amına kaydırabildim ve elinden geldiğince parmaklarıma kendini becermeye çalışarak bana doğru itti.

Onu bir anlığına parmakla becerdikten sonra dilimi geri kaydırdım ve minik klitorisine sürttüm.

"Mmmmm, lanet olsun," diye fısıldadı, onu daha da fazla okşarken.

kaydırdım ve diğer elimle onun güzel kıçını tokatladım.

"BOK EVET" diye inledi, ona tekrar tokat atarken.

Amını uzun, yavaş vuruşlarla okşarken, diğer elim kıçını sıktı, kalçasını yaydı ve küçük anüsünü görmeme izin verdi.

Gülümseyerek parmağımı vajinasına kaydırdım, sıvılarıyla kapladım ve ardından dar deliğine doğru kaydırdım.

Yavaşça kıçını ovuşturdum, parmağımı yavaşça ona bastırdım.

Diğer elim onun sıcak, ıslak kedisinin içinde ve dışında çalışmaya devam ederken, ben onun sıkı küçük arka deliğiyle oynadım .

Kısa süre sonra anüsüne biraz daha bastırmak için cesaretimi topladım ve parmak ucum ilk kez poposuna girdi.

Orada tutarak, dilimi aşağı kaydırdım, yaladım ve kıçını biraz daha parmakladım, itip yavaşça ona sürttüm.

Parmaklarımı amına kaydırdım ve klitorisiyle oynamaya başladım, inlemesine ve bana doğru itmesine neden oldum.

Sonuç olarak, kıçındaki parmağım ilk eklemi, gitmeyi planladığım şeyi geçti.

Parmaklarımı kedisine geri koydum ve onu becermeye devam ettim, diğer parmağım hala onun sıkı kıçına takıldı.

O zaman artık aletimi emmediğini, bana bakmak için başını çevirdiğini fark ettim.

Kalçaları hafifçe sallandı ve inledi.

"Ne yapıyorsun?"

Onun amından zevk aldığımı kekeledim ama bana sordu:

"Kıçıma mı dokunuyorsun?"

Öyle olduğumu kabul etmeliydim ve özür dilemeye başladım, ama devam edemeden "bu çok pis" inlediğini duydum ve kalçaları biraz daha sert hareket etmeye başladı, "lanet pis, kıçıma dokunuyor."

"Durmalı mıyım?" ona sordum

"Kahretsin, daha da zorlaştır" diye inledi, ağzı tekrar aletime düşerken.

Parmağımı ona daha sıkı bastırdım ve yüksek sesle inlemeyle ödüllendirildim.

Amcığıyla oynamayı bıraktım ve kıçına odaklandım.

Elimi komodinin üzerine uzatıp, aradığım yağ şişesini bulana kadar körlemesine yokladım.

Parmağımı kıçından kaydırarak inlemesine neden oldum.

Daha sonra parmağıma biraz yağ döktüm ve parmağımı tekrar aşağı bastırmadan önce sıkı küçük deliği yağla ovmaya başladım.

Keskin bir nefes aldı ve kıçını bana yasladı, kirli kıçıyla oynamaya devam etmem için yalvardı.

Yağ ile kıçına kaymayı kolaylaştırdı ve kısa süre sonra parmağımı daha önce bakire kıçına soktum.

Parmağımı içeri ve dışarı soktuğumda, daha önce hiç duymadığım kadar yüksek sesle inledi, kalçaları bana karşı sert bir şekilde sallandı ve her santimine nüfuz etmeye çalıştı.

"Aletinin orada ne kadar iyi hissedeceğini merak ediyorum," diye inledi, bana bakarak.

Ona ciddi olup olmadığını sordum ve bana şimdi kıçımı becermemi söyledi.

Benden uzaklaştı ve dört ayak üzerinde yatakta bekledi.

Sikime daha fazla kayganlaştırıcı döktüm ve okşadım, kız arkadaşımın dar deliğini doldurması için hazırladım.

"Kıçımı sikeyim, kıçımı sikeyim," diye fısıldamaya devam etti, kalçaları bir yandan diğer yana sallanıyordu.

Arkasına geçtim ve sikimi tuttum, başımı büzülmüş deliğine bastırdım.

Yavaşça bastırdım ve çok geçmeden uç onun içinde kaydı, inlemesi odanın duvarlarında yankılandı.

Yavaşça sikimi kıçına ittim, inlemeleri ben gittikçe daha da yükseliyordu.

Kısa süre sonra tüm horozumu kıçına gömdüm, öne eğilip nasıl hissettiğini sorduğumda ellerim kalçalarını kavradı.

"Kahretsin, çok iyi hissettiriyor," diye homurdandı. "Şimdi kıçımı sik, kıçımı sik bebeğim" dedi.

Ona geri dalmadan önce, zevkle ulumasına neden olmadan önce aletimi yavaşça geri kaydırdım.

Durumun harareti beni deli ediyordu ve ben daha ne olduğunu anlamadan patlamaya hazırdım.

Ona neredeyse orada olduğumu söyledim ve "içime boşalmak, kıçımı sıcak boşalmanla doldur!"

Kalçalarını sıkıca kavradım ve sikimi kıçına daldırdım, doruğa ulaştığımda onu derinlerine gömdüm.

Her patlamamda, kıçını sütümle doldurmayı bitirene kadar vücudunun spazmlarını hissedebiliyordum.

Yüzünü yastığa gömdü ve benim aletim iyi becerilmiş kıçından kayarken defalarca inledi.

Yanına sırt üstü yatarak nefesimi tuttum.

Nefes nefese dört ayak üzerinde kaldı.

Başını bana doğru çevirdi ve gülümseyerek "hadi o aleti bir an önce sertleştirelim, bunun hemen bir daha sikişmesine ihtiyacım var" dedi.

# RİSKLİ GERİ BAHİS

81

# BÖLÜM I

Tekila shot, ökseotu ve hayatımın en aptalca kararı.

On ay önceydi ama hâlâ Jeremy Cartwright'ın gözlerine bakamıyordum.

Ve beni rendeliyor.

Sadece tüm varlığımla pişman olduğum aptal, aptal Noel partisi seksi yüzünden değil, aynı zamanda toplantıdan sonra gerçekten katlandığım için, şu anda ona gerçekten bakmak istiyordum.

Ve yapamadım çünkü ona her baktığımda onu düşünüyordum... ondan ayrıldığımda...

Ah, sihirli bir beyin sıkacağı için neler yapmazdım.

Masaya kısa bir göz atma riskini göze aldım.

Bana gülümsüyordu.

Piç.

Jeremy'nin bir takım golüne en son ne zaman ulaştığını hatırlamıyordu.

Öyleyse neden utanması gerekirken masanın karşısından bana gülümsüyordu?

Çünkü adamda utanma yoktu.

Onu durduran beceri eksikliği değildi, hayır, Jeremy sadece tembeldi.

Tembellik.

Cazibe, yakışıklılık ve sıfır madde ile saflarda yükselmişti.

Her terfi ve kurumsal merdivenin her basamağı için diş ve tırnağıyla savaşmış biri olarak, zahmetsiz terfileri beni kesinlikle deli etti.

Ben hariç herkesi kazandığı güneyli iyi çocuk pozu.

Doğu Bölümü ekibinin yeni menajeri Lucy Sander ile kesinlikle işe yaramıştı.

Az önce beni takım oyuncusu olmamakla suçlayan Lucy onun yüzünden.

Ben, Nancy Harrison, bir takım oyuncusu değilim.

Takım oyuncusu değil miyim?

Ben bir takım oyuncusunun sözlükteki tanımıyım.

Takım için her şeyi yaptım.

Her şeyimi verdim, kan, ter, gözyaşı ve diğer tüm aptalca klişeler.

Tek sorduğum, üç aylık ikramiyeler söz konusu olduğunda bireysel hedefleri hesaba katmaya başlamamız gerekip gerekmediğiydi.

Yüzündeki ifadeye bakılırsa toptan yavru katliamını önerebilirdi.

Kötü tepki veren sadece Lucy değildi; hepsi bana Cruella De Villemişim gibi baktı.

Herkes, ikramiye yapısını yeniden yapılandırmak için bir tür şeytani ajandası olduğunu düşündü.

Kimseyi bir bağdan kurtarmaya çalışmıyordum.

Herkes söylediklerimin anlamını tamamen yitirmişti.

Williams Resource Recovery için çalışmayı çok seviyordum.

Şirkete, nispeten yeni çevresel kaynak geri kazanımı ve emisyon azaltma danışmanlığı alanında yeni bir girişimken, üniversiteden hemen sonra geldim .

Şirket ve idealleri, özellikle kapsayıcı yönetim politikaları için yaşadım.

Rekabetçi bir kurumsal ortamdan ziyade bir işbirliğini teşvik etmekten güçlü bir şekilde yanaydı.

Toplu hedeflerin ruhunu tamamen kırmak istemedim.

Sadece istedim, sadece istedim... istedim...

Tembel Jeremy Cartwright'ı cezalandırmak için.

Ben de bunu istiyordum.

"Senin problemin ne?" Masanın diğer tarafından ona tısladım, sesinden nefret ediyordum, bir tür kaçık fahişe gibi.

Ben böyle değilim, bu kızgın ve sert insan, onun yüzündendi, sadece o, bana bu şekilde davranmamı sağladı.

O güldü.

Hafifçe güldü, sanki biraz komikmiş gibi, bu sadece ondan daha çok nefret etmeme neden oldu.

Toplantı odasında son kalan bizdik.

Kalmıştım çünkü kıçımı koltuğa yapıştırıp sandalyenin kollarını tutmasaydım, kariyerimi bitiren bir öfke nöbeti içinde odadan fırlayacaktım.

Bacaklarım Jeremy Cartwright'ın neden olduğu öfkeyle titremeyi bırakana kadar sandalyemden kalkmayacaktım.

Aptal sırıtış pozunu nasıl da kaldırmak istiyordum ama sanki beni kırmaya ne kadar yakın olduğunu hissediyormuş gibi, Jeremy melodik kahkahasıyla beni kızdırmak için geride kalmıştı.

"Benim sorunum tatlım? Senin sorunun ne? Toplantılarda zorlandığımda eli ayağına dolanan ben değilim."

"Beyaz boğumlar mı? Bende yok, ben..."

Parmaklarımın tutuştan kaynaklanan kan kaybından uyuştuğunu fark ettiğimde öfkem azaldı.

Parmaklarımı sandalyenin kollarından çekerek derin bir nefes aldım ve içimden bir şarkı söylemeye başladım.

Sakinim.

Sakinim.

Sakinim.

Kendimi sakinleştirmek için oldukça iyi bir iş yapıyordum - çevresel görüşümdeki beyaz noktalar kaybolmuştu ve artık alnımda artan kalp atışımı hissedemiyordum - mırıldanmaya başladı.

O fare piç.

Geçen Noel, çalan şarkı biz... o...

Aman Tanrım, yapmamalıydı, oraya geri dönmek istemiyordu, şimdi değil.

Kötü mavi gözleriyle karşılaşmak için kendimi yukarı bakmaya zorladım.

Kanımda kaynayan tiz öfkenin sesime sızmasını engellemek için yavaşça konuştum:

"Benim sorunum Jeremy, tembel, değersiz hayatını kurtarmak gibi basit bir hedefe ulaşamıyor olman."

"Gerçekten mi?" çizdi.

Ona sadece tembel ve işe yaramaz dedim ve adam biraz sinirli görünme nezaketini bile göstermedi.

Sanki ona ilginç bir şey söylemişim gibi başını eğdi.

"Nancy, o hedeflere ulaşacağım. Hatta sadece onlara ulaşmayacağım tatlım, seninkini de aşacağım."

Yüksek sesli homurtuya engel olamadım.

Şaka yapıyor olmalıydım.

Gerçekten mi?

Ciddi olmasına imkan yoktu.

Geçen yıl hedefe ulaşmaya yakın bile değildi.

"Doğru. Evet."

Masanın üzerinden eğildim ve her kelimeyi başımı alaycı bir şekilde sallayarak noktaladım.

"Rüyalarında."

Güneyli iyi çocuk cephesi bir an için kayboldu ve yumuşak mavi gözler buz gibi oldu.

"Bir şeye bahse girmek ister misiniz Bayan Harrison?"

Birdenbire endişelendim, aslında korktum, ki bu hiçbir anlam ifade etmiyordu çünkü kabadayılığının beni yakalaması şöyle dursun, beni yakalama şansı bile yoktu.

Hedefler üç haftadan kısa bir süre içinde teslim edilecekti.

Ama nedense kumar oynamak istemiyordu.

O buz gibi bakışlarda gizlenen şeyin amacını öğrenme riskini almak istemiyordu.

Cevap vermedim.

Yetişkin olmaya karar vererek ayağa kalktım ve çıkış yönünde masanın etrafından dolandım.

Benden uzaklaştığım her adımda, bu şeylerle oynamak için fazla olgun olduğumu ona açıkça söyledim.

Olgunluk kartını oynamaktan zevk alıyordum ama ona dokunduğumda uzanıp koluma girdi.

"Korktun mu?" o yumuşak güneyli çekiciliğiyle bana meydan okudu.

elini sıktım

"Evet. Elbette. Titriyorum. Kesinlikle dehşete kapıldım. Kıçımı sallıyorum."

Döndüm, popomu ona yasladım ve bir rap müzik videosundaki figüran gibi hareket ederek onu salladım.

Benimki büyük hata.

O güldü.

Şüphesiz dinleyen her kadın kulağının, benim dışımda herkesin iç çekmesine neden olan hoş bir söylenti.

Ayağa kalktı, daha yakına eğildi, o kadar yaklaştı ki sert çenesi kulağıma değdi ve titremeye karşı koymak zorunda kaldım.

Kıçıma yaslanırken mırıldandı:

"O kıç üzerine bahse girmeye ne dersin?"

Arkamı döndüm ve onu iki elimle göğsüne bastırdım.

"O?"

"İddia sizin, Bayan Harrison. Sizin için çok mu güçlü? Geri çekilmek ister misiniz?"

Ona fısıldamadan önce sözlerini kimsenin duymadığını kontrol etmek için konferans odasının açık kapılarına baktım.

"İddia iki yönlüdür dostum. Bu kayıpla yüzleşmeye hazır mısın tatlı çocuk?"

Poposuna baktım ve bu onu tekrar güldürdü.

"Sanırım bu konuda oldukça güvendeyim," dedi.

Bu beni kızdırdı.

Gülünç derecede kızgın.

Elimi uzatıp şöyle diyecek kadar aptal:

"Güzel bir çocuk gibi anladın."

Aptalca, kazanabileceğimi düşündüğüm için değil, beni bu bahse dahil etme iddiasına boyun eğdiğim için.

"Tatlım, haftaya sana şaplak atacağım," dedi uzattığım elime bakarak beni yoldan çıkardı.

"İstediğin bu."

Ona baktım, bu sadece sırıtışının geniş bir sırıtışa dönüşmesine neden oldu.

geri çekecektim ki beni tuttu ve kendine çekti.

Eğildi, ağzını kulağıma dayadı, sandal ağacı ve erkek kokusu onunla yanıyordu.

"Ah tatlım, ikimiz de gerçeği biliyoruz. Değil mi?"

Sesinin sesi.

Teninin kokusu.

Vücudunun bana karşı sıcaklığı irkilmeme neden oldu.

Yine şarkıda mırıldanan lanet olası Whams sesleri.

Ofis kapısında asılı ökse otu.

Dudaklarında rom ve şekerli kek tadı.

Kıçıma vuran elinin sıcaklığı.

Masanın sert ahşap kenarı kalça kemiklerimi ısırıyor.

Orgazm içinde çığlık atan, daha fazlası için yalvaran sesimin sesi.

O gece.

Kendi sıvımla ıslanmış parmağımı anüsümde gezdirdiğim o aptal ve pervasız gece.

Her şeyi içine itene kadar, her darbe biraz daha derine inerek, o gizli yerle tekrar tekrar dalga geçmişti.

Derin sesi kulağımda gürledi ve beni bir dahaki sefere yakaladığında orada olacağını söyledi.

Hafızayı silkeledim.

Bir dahaki sefer olmamıştı.

Bir dahaki sefer olmayacaktı.

Dünyada beni bu duruma geri getirmeye yetecek kadar tekila yoktu.

O kadar gerginsin ki, Nancy.

Dokunuşuyla içimi bir ısı şimşeği sardı.

Anıların beni ne kadar ıslattığından utanarak uzaklaştım.

Bu adam ne hakkındaydı?

Beni nasıl bu kadar kızdırabilir ve hala onu ister?

İddiadan vazgeçmek üzereydim.

O anda parmağını dudaklarıma koyduğunda bunun büyük bir aptalca hata olduğunu söyledim.

"Şşşt, Nancy, konuşacak vakit yok, senin sayılarını geçeceksem işe geri dönmem gerekiyor."

Ve sonra gitmişti.

Çok hızlı değil.

Yine o güney "dünyada her zaman" tarzıyla, konferans odasından çıkıp ofisine geri döndü.

# BÖLÜM II

Tracy beni masamda buldu.

Burada olacağını nasıl bildin?

Bu konuşmadan kurtulabileceğime dair boş bir umutla yemek odasından kasıtlı olarak kaçınmıştım, ama görünüşe göre tek yaptığım kaçınılmaz olanı geciktirmekti.

"Yani," dedi masamın üzerinden eğilerek, "Grinch'e benziyorsun. Sendika tahvillerimizi çalmaya çalıştığını duydum."

Cevap vermedim.

Bana sormadan misafir koltuğuma oturdu ve yanında bir demet tütün ve marihuana kokusuyla yanıma geldi.

"Problemin ne olduğunu biliyorsun, değil mi?"

Bunun nereye varacağını biliyordum.

Tracy ile her zaman gittiği yere...

"O adamı kafandan çıkarmalısın"

... kemerin altında.

Tracy'ye göre, dünyada iyi bir orospu olmanın çözemeyeceği lanet bir şey yoktu.

Ortadoğu'daki krizden kötü bir güne: her zaman her şeyi sekse indirgemenin bir yolunu bulmayı başardı.

İç çektim ve masaya vurmak için başımı eğdim.

"Bana tekrar hatırlat, sen tam olarak neden en iyi arkadaşımsın?"

Lucky Strike'ın tatlarına karşı ömür boyu süren bir sevginin ürünü olan, törpüyle karışık tatlı bir sesle güldü.

"Çünkü başka birini bulmak için işini bırakman gerekir ve..."

Sözünü keserek sözünü tamamladım...

"...senin hakkında her şeyi biliyorum, zaten senden çok daha fazla."

"Vay. Ha."

Başımı aşağı doğru okşadı.

"Saçını kestirmen gerekiyor tatlım. Neden bugün erken gitmiyorsun? Tanrı biliyor ya sana n saat borcu var."

Oturdum ve elimi saçlarımdan geçirip uzun perçemlerimi topladım.

"Yapamam, ihtiyacım var..."

"Sikilmeye ihtiyacın var. Saçını kestirmeye ihtiyacın var. Bir hayata ihtiyacın var. İhtiyacın olan bu. Kendini düzeltmek için şirketten biraz erken ayrıldığın için dünya karbon kaosuna batmayacak."

iç çektim

Kâküllerim bir kez daha yüzüme düşüyor.

Bir nefesle onu üfledim.

Belki biraz haklıydı ama benim bunu kabul edemeyecek kadar inatçı olduğumu biliyordu.

Birbirimize baktık, ben kaşlarımı çattım ve o mükemmel bir güzellik kraliçesi gülümsemesiyle gülümsedi.

Bana sahte bir gülümsemeyle gülümsüyordu.

İlk ben kırdım.

O toplantı ve aptal Jeremy Cartwright olmasaydı, bakışlarımı dik tutacak gücüm olabilirdi ama pes ettim.

Bu onun hatasıydı.

Hepsi onun suçuydu.

"Tamam," dedim.

Tracy ayağa kalktı.

"Haklı olduğumu biliyorum," dedi güzellik kraliçesi gülümsemesi kocaman bir sırıtışa dönüşürken.

"Haklısın demedim ."

Eliyle kulağını kapattı ve şöyle dedi:

"O da neydi? Sen haklı olduğumu söyledikten sonra hiçbir şey duymadım."

O geri çekilirken işe yaramaz bir "Kaltak" diye mırıldandım.

Kapıda durdu ve omzunun üzerinden şöyle dedi:

"Ah, sana Dustin'le saat dört için kuaförde bir randevu ayarladım. Geç kalma. Ve sana söyleneni yap."

"Ne? Sadece saçımı kestirmek istiyorum. Başka bir şey değil," diye bağırdım ama o çoktan köşeyi dönmüştü.

# BÖLÜM III

Ertesi gün saçım kesilmiş, boyanmış, cilalanmış, ağdalanmış ve neredeyse dört yüz dolar daha fakir olarak geri döndüm.

Beklenmedik nakit harcamalarına rağmen, görene kadar kendimi oldukça iyi hissediyordum.

Dün gece Discovery Channel'da gördüğü büyük kedilerden birine benziyordu.

Kırmızımsı sarı saçları ve yırtıcı gülümsemesiyle, kafasını bir aslan gururunun başı olarak hayal etmek kolaydı.

Gözlerini başımdan ayaklarıma kaydırdı ve sonra bakışlarını tersten yavaşça yukarı kaldırıp tekrar yüzümde buldu.

Bana bakışı sinirimi bozmuştu.

Durdum.

Salonun tam ortasında durdum.

Biri kolumdan geçip beni tersleyene kadar sersemlemiş bir av gibi donup kaldığımı fark etmemiştim.

O güldü.

Öfkeyle yanına gittim ve göğsüne bir tokat attım.

Onu yakaladı, sımsıkı tuttu.

"O?" dedi sinir bozucu sahte bir masumiyetle.

Ofladım, elimi elinden çektim ve yanından iterek ofisime doğru devam ettim ve çantamı masanın üzerine bıraktım.

Son iki yıldır ofisi paylaştığım kadın Annabelle doğum iznindeydi, bu yüzden ofis bana aitti.

Bu şekilde hoşuma gitti.

Paylaşılan alanı seven bir kız değildi.

Ve mükemmel bir dünyada bir köşede kendime ait bir ofisim olurdu.

Jeremy sormadan içeri girdi ve sıkı kıçını Annabelle'in masasına tünedi.

Onu görmezden geldim, bilgisayarı açtım ve ofiste yokmuş gibi e-postalarıma baktım.

Boğazını temizledi.

Gözlerimi ekrana sabitledim.

Güldü ve alnımda kızgın bir nabzın atmaya başladığını hissettim.

"Harika görünüyorsun canım."

Ona bakmak için döndüm.

O zaman gururum okşanmıştı, şimdi sana bir şey için teşekkür etmem mi bekleniyordu?

Gerçekleşmesi pek mümkün değil.

"Biliyorum," dedim homurdanarak.

Kıkırdayarak öne çıktı ve masama yaslandı.

Kâğıtları masanın üzerinden itti ve dirseklerinin üzerinde masaya yaslandı.

kibirli piç

ona ters ters baktım

Bana doğru eğildi.

"Tracy bana dün güzellik salonunu ziyaret etmek için erken ayrıldığını söyledi."

başımı salladım

Elini kaldırıp kıvırcık saçımın bir tutamını çekiştirdi.

"Saçını düzeltmişsin."

Tekrar başımı salladım.

"Başka bir şey?"

Masadan uzaklaştım ve sandalyemi ondan uzaklaştırdım.

Kokusuna göre.

Onun varlığıyla.

Gözleri vücudumda aşağı kaydı ve kasıtlı olarak bacaklarımın birleştiği yerde durdu.

Bakışları, gergin bacaklarımın arasında nabzını attığımı hissettiğim kavurucu bir sıcaklıktı.

Tıraş olmuştum.

Tracy, görünüşe göre Dustin'e bazı özel istekleri beklediğinden daha fazla açıklamıştı.

Tam tıraşa direndim, oyun alanımın en azından biraz çimenli olmasını tercih ettim.

Nasıl bildi?

"Tracy," diye mırıldandım.

Güldü, masadan ayağa kalktı ve başını salladı.

"Sana söyledi mi? Sana ağda yaptığımdan bahsetti mi?"

Bunu yapacağına inanamadım!

Bunu neden yapsın ki?

Tekrar güldü, daha yüksek sesle.

Bitirdiğinde şöyle dedi:

"Tatlım, bana Salon'a gittiğini söyledi. Bana senin her yerini ağdaladığını söyledi."

Yüzüm itfaiye aracı gibi kızardı.

"Benim için mi yaptın?" diye sordu, başını eğerek.

"Ya yaparsam? Ya yaparsam?" "Ciddi misin? Bunu bana cidden mi soruyorsun?"

"Hayır. Pek sayılmaz. Sadece seninle oynamayı seviyorum. İşine dönsen iyi olur. O yüzden dün ne kadar erken ayrıldığını hesaba katarsan, bugün yetişmen gerekir."

O gittikten çok sonra bile ağzı açık kalıyordu.

# BÖLÜM IV

Tracy beni bu şekilde buldu.

"Oh bebeğim, saçın sana çok yakışmış. Ne? Ne?" Omzunun üzerinden baktı. "Neye bakıyorsun?"

Başımı salladım.

Başını salladı ve Annabelle'in masasına oturdu.

"Aaah, Jeremy buradaydı, değil mi?"

"Evet, öyleydi. Pislik."

"O adamdan neden bu kadar nefret ediyorsun?"

"Tembel. Buraya geldiğinden beri hiçbir şey yapmadı. Sadece mükemmel görünüyor ve istediği her şeyi alıyor."

"Gerçekten mi? Hımmm."

Tracy tek kaşını kaldırdı ve başını eğdi.

"Bunun ne anlama gelmesi gerekiyor?" diye haykırdım.

"Senin için dünya tamamen siyah ve beyaz, değil mi? İyi ve kötü. Grinin tonları yok."

"Burada gri yok," dedim, dün öğleden sonra okuduğum son çeyrek raporunu tahmin ederek, "İşte siyah beyaz, kim çalışıyor, kim çalışmıyor. Jeremy çalışmıyor. Geçen gün Chicago'dan transfer olduğundan beri çalışmadı. yıl ".

Tracy başını salladı.

"Bazen tatlım, gerçek hikaye gazetede değil. Kişidedir."

"O kişiyi tanıyorum," dedim, "O kibirli bir pislik. O kişi bu. Bakın, çalışmam gerek. Eğer şu anda sahip olduğunuz tek şey Jeremy Cartwright hakkında şifreli fikirlerden ibaretse, bu konuşmayı öğle yemeğine erteleyebiliriz... Veya belki asla?

Tracy hızla başını sallamadan ve çıkmak için kapıya gitmeden önce tekrar başını salladı.

Kapıda durdu, döndü ve şöyle dedi:

"Unutma, sevgili Nancy, hayatta iyi bir iş yapmaktan daha fazlası var. Jeremy Cartwright, karbon emisyonlarının azaltılması veya başkanın kampanyası dışında tutku duyduğun tek şey. Bunu düşünmeni istiyorum. Kesinlikle bu bir şey ifade ediyor."

"Hiçbir anlamı yok. O hiçbir anlamı yok."

Ayrılırken omuz silkti ve omzunun üzerinden şöyle dedi:

"Sana o adamla evlen demiyorum. Onu biraz becer yeter."

Jeremy hakkındaki şifreli yorumları beni ne kadar kızdırsa da, cevabına gülmeden edemedim.

Onu biraz becer.

Ben zaten yaptım bunu.

Aslında tam da bu masanın üzerinde.

Hain meme uçlarım anılarla sertleşti.

Tüm vücudumu ele geçirmeden önce geri dönüşü kapattım ve bilgisayar ekranıma geri döndüm.

Yapacak işleri vardı, Jeremy Cartwright'a ayıracak zamanı yoktu.

# BÖLÜM V

Öğle yemeğine kadar çalıştım.

Tracy beni azarlamak için kısaca başını uzattı ama ben onu görmezden gelip işime baktım.

Ağrıyan sırtımı esnetmek için bilgisayar ekranından başımı kaldırana kadar koridor ışıklarının kapalı olduğunu fark ettim.

Karanlıktı.

Saatime baktım ve neredeyse gece dokuz olduğunu gördüm.

Midem itirazla guruldadı.

Kendimi masamdan uzaklaştırdım, ayağa kalktım ve en yakın otomatı bulmaya gittim.

Asansör kapıları açıldığında, otomatın önünde durmuş, birkaç paket paketlenmiş gıda kombinasyonunu besleyici bir akşam yemeği olarak haklı çıkarmaya çalışıyordu.

Görmeden önce kokusunu aldım.

Thai yemeği.

Baharatlı misket limonu ve sarımsağın aroması havaya yayıldı ve neredeyse beni bayıltacaktı.

"Akşam yemeği için Pringles?"

"Ve bir zarf fıstık," diye yanıtladım.

Jeremy güldü.

"Doğru, çünkü tüm farkı yaratan bu."

"Elbette öyle."

Pringles'ı tutarak dedim ki:

" Patates" ve ardından yer fıstığı paketleri, "Tohumlar".

Sol elinde tuttuğu plastik poşeti kaldırdı.

"Cartwright Taylandlı. İki kişilik yeter. Biraz ister misin?"

Midem evet diyen utanç verici bir hırıltı çıkardığında başımı salladım.

Jeremy anlamlı bir şekilde hala inleyen mideme baktı, ağzının kenarı eğlenceli bir gülümsemeyle seğirdi.

"Tamam," dedim çantayı elinden almak için uzanarak, "o zaman yapalım."

"Böylesine zarif bir kabulle, uymaktan çok mutluyum."

Elini önünde uzattı ve bana hafifçe selam verdi.

"Lütfen yolu gösterin."

Kaşlarımı çattım, topuklarımın üzerinde döndüm ve dinlenme odasına yöneldim.

Kolumu tuttu, parmakları bileğimi sıktı.

"Uh, uh," dedi, "ofisimde."

"Çünkü?"

"Çünkü o benim yemeğim ve onu nerede yediğimizi anlayabiliyorum."

fıstık yemeği yeme düşüncesi sözlerimi tutmama neden oldu.

"Pekala," dedim kolumu elinden kurtararak.

Bileğimi bıraktı ve hafif bir gülümsemeyle elini yüzüme götürdü.

Parmağını alnımdan çeneme doğru kaydırdı ve ardından bir tutam saçımı kulağımın arkasına sıkıştırdı.

Bırakmaması için nefesimi tuttum.

Yaklaştı.

İç çektim, gözlerimi kapattım, çenemi eğdim ve gelmeyen bir öpücük için bekledim.

O uzaklaştı.

Vücudumdan bir ürperti geçerken yakınlığının kaybolduğunu hissettim.

Ne aptal!

Beni öpmesini beklerken ne düşünüyordum?

Bana gülümsediğini görmeyi bekleyerek yukarı baktım ama onun yerine...

Gözleriyle buluştuğumda hava ciğerlerimden tekrar dışarı fırladı.

Mavi ateş.

Sıcak üzerime yıkıldı.

Neredeyse dizlerimi büken bir arzu dalgası.

"Hadi," dedi.

"Hadi?"

Elimden sarkan unutulmuş plastik poşeti işaret etti.

"Ah, akşam yemeği," dedim ve başımı salladım, onu ofisine kadar takip etmek için yürüdüm.

Ofisi bir köşedeydi.

Muhteşem manzaralı ve paylaşmak zorunda kalmadan iki pencereli.

Sevmememin başka bir nedeni.

İçeri girdiğimizde ışığı açmadı ki bu oldukça garip buldum.

Bir masa lambasını yakıp odayı yumuşak sarıya boyadığında ışığı yakmak üzereydi.

"Tamam," dedim eski pirinç masa lambasını işaret ederek.

"Büyükbabam verdi," diye yanıtladı ve masanın arkasından sandalyesini çekip misafir koltuğunun yanına yerleştirdi. "Oturabilirsin."

Sandalyesini benimkine bu kadar yaklaştırmamış olmayı dileyerek yaptım.

Otururken dizi bana çarptı.

Çantaya uzandı ve küçük yiyecek kartonlarını, iki şişe suyu ve iki takım gümüş takımı çıkardı.

İki?

Sunulan çatal bıçak takımını aldım ve kendime engel olamadım.

Bunu asla yapamam.

Cevapsız merak beni yer bitirirdi.

"Neden iki oyun?" Ona sordum.

"Hala burada olduğunu biliyordum. Yemek yemediğini biliyordum."

"Hey!" Kucağımda dizlerimin üzerine koyduğum Cartwright's Thai kutusunu işaret ederek itiraz ettim.

Gözlerini devirdi.

"Gerçek yemek. Gerçek yemek yemeyeceğini biliyordum."

"Öyleyse," dedim Tay eriştesiyle dolu aşırı yüklenmiş bir çatalı ağzıma tıkarken, "neden umursuyorsun?"

"Umurumda," dedi o mavi gözlerini bana dikerek.

Birden gergindim.

Ben de o anlarda bana doğal gelen şeyi yaptım.

İşe yaramaz bilgilerden oluşan tutarsız bir gevezelik etmeye başladım:

"Taylandlılar yemek çubuğu kullanmazlar. Yemek çubukları yoktur. Bunu biliyor muydunuz? Çatal ve kaşık. Kullandıkları şey bu. Kullanan birkaç Asya ülkesinden biri. Çatal, yemekleri kaşıklamak için kullanılır . kaşık. İlhakından sonra..."

Uzanıp dizime hafifçe dokundu.

Bu beni ürküttü ve gevezeliğimi durdurdu.

"Yiyin," dedi.

"Tamam. Beğen."

Sessizce yedik.

Ağzımı dolu tutmak için gerekenden fazlasını yedim.

Aksi takdirde, yüzeyin hemen altında acı veren tüm soruları ağzımdan kaçırırdım.

Neden beni önemsiyordu?

Benden ne istiyordu?

"Akşam yemeği için teşekkürler," dedim, kalkmadan önce suyumdan son bir yudum alarak.

"Sorun değil," dedi elini belime dolayıp beni kendine doğru çekerek.

Dengemi sağlamak için bacaklarımı açarak sendeledim.

Bacağımı açık bacaklarımın arasına itti ve beni aşağı doğru iterken daha da genişledi ve beni ona binmeye zorladı.

İki elim de eteğimi yukarı kaydırdı ve kumaşı kalçalarımın etrafında toplanana kadar çekiştirdi.

Başparmakları külotumun kenarına değene kadar kalçalarımın iç kısmında gezindi.

Elimde değil, bariz bir davetle ileri doğru sallandım.

Kıkırdadı.

Ses beni neredeyse çileden çıkardı ama dişleri meme ucumu buldu.

Bok.

Hassas uçta sarsılırken içimden sıcaklık geçti.

Kaba.

Zor.

Evet.

Evet, istediğim buydu.

neye ihtiyacım vardı

Nasıl bildi?

Parmakları kalçamın yuvarlak kısmını kavradı, başparmağı külotumun elastik kenarının altına daldırırken cildimi ısırdı.

Daha aşağı inerek dokunuşunun yarattığı nemli ısı havuzuna gömüldü.

İçeri itti, başparmağını kapattı ve sonra klitorisime kadar sürükledi.

Bok.

İhtiyacımla kaygan ve ıslak olan başparmağı klitorisime hassas bir şekilde dokundu.

Eline doğru sallandım, sırtımı büktüm ve baş parmağını iterek onu devam ettirdim.

"Söyle bana," dedi, ağzı hâlâ göğüs ucumdaydı, sözleri tenimde titreşiyordu.

"O?"

"Bana bunu istediğini... sana yapmamı istediğini söyle."

Sözleri şehvetin sisini deldi ve beni gerçek dünyaya geri getirdi.

Sıcakta Jeremy Cartwright'ın kucağında ne işi vardı?

"HAYIR!" Ayaklarımı yere doğrultup yukarı doğru ittim.

Önünde durmak için kucağından kalktım.

Bunu yaptığımda eli külotumdan kaydı.

Ellerimi denge için omuzlarına koydum ve kucağından indim.

Titreyen ellerimle eteğimi düzelttim.

Artık açığa çıkmadığında, dedim ki:

"Bunu istemiyorum. Seni istemiyorum."

Güldü, boş bir sesle.

Hala nemli olan başparmağını ağzına götürerek ucunu alt dudağının üzerinde gezdirdi ve dilini lekenin üzerinde gezdirdi.

"Yalan söylüyorsun," dedi, "bunu biliyorsun. Ben de biliyorum."

"Saçmalık. Sen değilsin. Bunu yapmayalı uzun zaman oldu. Bunu benim hakkımda kontrol eden birine tepki verebilirdim."

"Ne kadardır?" diye sordu.

On ay, diye düşündüm ama cevap verdim:

"Seni ilgilendirmez".

"Git o zaman," dedi kapıyı işaret ederek, "Koş Nancy. Şimdilik küçük yalanlarında güvendesin."

"Şimdi derken ne demek istiyorsun?"

Ona cevap verdiğim için kendime lanet ettim.

Neden olmasına izin vermiyordu?

Neden hep bilmek zorundaydı?

Bana doğru bir adım attı.

"İddiamızı kazandığımda. O kıçını almadan önce sana bunu itiraf ettireceğim. Beni sevdiğini kabul et."

"Evet? Sen..." Çok aptalca görünmeden önce kendimi durdurdum ama bir adım atıp göğsüne parmağımı sokmaktan da kendimi alamadım.

Parmağımı göğsünden çekti ve elimi avucuna kilitledi.

"Bana yalvaracaksın, Nancy Harrison."

" Rüyalarında değil," diye tısladım, arkamı dönüp ofisinden çıktım.

Koridorun iki adım aşağısındaydım ki durup döndüm ve açık kapısına geri döndüm.

Masasında oturuyordu ve garip bir şekilde masa lambasına bakıyordu.

"Akşam yemeği için teşekkürler."

Başını kaldırdı ve bana öyle bir gülümsedi ki, biraz olsun dürüst olmaya meyilli olsaydım, dizlerimin ıslandığını itiraf etmem gerekirdi.

Dürüst olmak yerine öfkeli bir homurtu çıkardım ve koridora geri döndüm.

# BÖLÜM VI

Az önce aldığım e-postaya şaşkın şaşkın bakarak, "Hile yaptı," diye fısıldadım.

"Kim aldattı?" diye sordu.

Masamın kenarına oturmuş tırnaklarını inceliyor, iş çıkışı bir şeyler içebilmek için onun bitirmesini bekliyordum.

"Jeremy Cartwright Hedefleri Aştı".

"Biliyorum," dedi, vücudumda eşit parçalarda dolaşan adrenalin, panik, şehvet ve öfke karışımına tamamen aldırış etmeden.

Tracy'ye bahisten bahsetmemişti.

Bunun hakkında konuşmak çok aptalca ve çocukçaydı ve Jeremy Cartwright ve seksle ilgili olduğu için Tracy'nin onun tarafında olacağından hiç şüphesi yoktu.

"Ne demek biliyorsun?"

"Hesabındaki tüm ödemeyi yeni aldı. Yani elbette listenin başında olacak."

"O?" kelime yüksek perdeden bir çığlık olarak çıktı.

"Yarı zamanlı olarak ofiste çalışıyor. Büyükbabasına bakmak için Chicago'dan buraya geldi. Ama şimdi tam zamanlı olarak bir huzurevine gitti, yani tam zamanlı olarak işine geri döndü."

"Bunu nasıl bilemedim?"

"Belki ofisinden hiç ayrılmadığın için mi? Belki benden başka biriyle konuşsaydın..."

Elini kaldır.

"Vay canına, yani seninle konuşuyorum. Öyleyse neden bana söylemedin?"

"Kahrolası Noel partisinden sonra külotun falan vardı," içini çekti ve tırnak işaretleri yapmak için parmaklarını kaldırarak, "adını anmamı yasakladı," dedi.

Tamam, belki de bunların hepsi doğruydu.

Belki de düşündüğü kadar tembel değildi.

Ama kesinlikle düşündüğü kadar kurnazdı.

Tam zamanlı olarak döneceğini biliyordu .

Bahse hile karıştırıldı!

Tüm lanet zaman boyunca onun lehine eğilmek.

"Nerede bir içki içeceğiz?"

Kaşlarını çattı.

"Harry's, her zaman gittiğimiz yer."

"Hayır. İrlandalı'ya gidelim."

"İrlandalı mı?" Tracy kaşlarını o kadar kaldırdı ki neredeyse suratından fırlayacaktı. "İrlandalılardan nefret ediyorsun. Hepsinin gittiği yer orası."

"Biliyorum."

Orada olacaktı.

Kurnaz yalancı fare ve piç.

# BÖLÜM VII

O orada değildi.

Öfkemin artması için bir sebep daha.

Irishman'dan nefret ettim.

Tipik komisyoncu kılığında katiplerin favori uğrak yeriydi ve ne yazık ki, esas olarak Williams Resource Recovery'nin yakınlığı nedeniyle.

Saatin adamının gelmesi için yaklaşık otuz dakika öfkelendim.

Yapmadı, bu yüzden Tracy'yi bilinçsizce kokteylinden (ve saf, genç bir ticari bankacıdan) memnun bıraktım ve hâlâ ofisinde olup olmadığını görmek için caddenin karşısına geçtim.

Oradaydı.

Görünüşe göre beni bekliyordu, çünkü kapısını açtığımda, sandalyesine yaslanıp gülümsemekten başka bir şey yapmadı.

"Aldattın."

"Tam olarak doğru değil, Bayan Harrison. Tüm bilgiler elinizin altındaydı. Anlamadınız ya da almayı ilginç bulmadınız."

Sözlerinin doğruluğu beni acıttı.

"O zaman yapalım," dedim adrenalin yüklü bir kabadayılıkla, dudaklarımın kelimelerin etrafını sardığı an pişman oldum.

"Kapıyı kapat" emrini verdi ve ayağa kalktı.

Kalbim çok hızlı atıyor.

Boğazım kasıldı.

Sızıntıyı düşünerek kapısına döndüm.

Titreyen parmaklarımın kilitleme mekanizmasını tam olarak nasıl etkinleştirebildiğinden emin değilim.

ona döndüm.

Isı ve korkunç bir ürperti, vücudumun üzerinde çelişkili dalgalar halinde geziniyordu.

Terlemeye başladığımda aynı anda küçük iğneler derimden geçti.

Masasının üzerinde beni istediğini söylediğini hatırladım, bu yüzden korkudan bacaklarım zayıflayarak kalçalarım tahtaya değene kadar ayağa kalktım.

Arkamda görünmek için masadan hareket etmişti.

Bacaklarımı düzeltip dizlerimi kapattım.

Titrediğimi görmesine izin vermedim.

Yaklaştı.

Vücudunun sıcaklığını hissedebiliyordum.

Başımı çevirdim, omzumun üzerinden baktım ama göz teması kurmadım.

"Etekli mi, eteksiz mi?" Sahte bir kayıtsızlıkla sordum.

Kıkırdadı, gürleyen bir ses boynumda titredi.

"O kadar endişeli misin?" diye mırıldandı.

"Şimdiden yap," kelimeleri dişlerimi sıkarak ağzımdan kaçırdım.

"Söylemedi.

"Ne demek hayır? Bu senin aptalca fikrindi!"

Arkamı döndüm ve kendimi onun kollarında buldum.

Avuçlarını masaya dayamak için eğilmişti.

Boynumun kıvrımına karşı konuştu.

"Hayır, istemiyorum," dudakları her kelimenin arasındaki gergin tendonların üzerine yumuşak öpücükler bıraktı, "seni istiyorum. Islak. İstiyorum. Yalvarıyorum."

"Yalvarmayacağım," dedim, günahkar ağzına hareket etmesi için daha fazla yer açmak için boynumu geriye doğru çekerken.

"Yapacaksın ." Yüzümü kaldırıp ona bakmam için elini çeneme götürdü. "Geçen sefer beğendin. Daha fazlasını istedin, değil mi?"

Çenemi kavrayarak başımı salladım.

Dudaklarını benimkilerin üzerinde gezdirerek ağzını bana doğru eğdi ve şöyle dedi:

"Yalancı".

Hiç düşünmeden ona açıldım.

Islak ucu beni çok iyi oynadığı için zevkle iç çekerek dilinin benimkine doğru yolunu bulmasına izin verdim.

Kuyu.

Çok iyi.

Geçen sefer böyle düşmüştü.

Tekila değildi.

Onun ağzı olmuştu.

Bacaklarımı açmak için beni sarhoş eden şey buydu .

Göğüslerime bastıran sert göğsünün hissini severek ona doğru eğildim.

Ağzı benimkini terk etti ve hayal kırıklığına uğramış olanın yaydığı kaybın iç çekmesine engel olamadım.

Dizlerinin üzerine çöktü.

Elleri yavaşça baldırlarımda gezinirken ona baktım.

Bacaklarımı daha fazla açmak için elleri dizlerimde durdu.

İtiraz etmeden yaptım.

Eteğimin altından parmaklar geliyordu.

Onları kaydırarak, iç uyluklarımın yumuşak, hassas derisi boyunca kaydırarak.

Etek bacaklarımı yakaladı ve onları daha da açmaya çalıştığımda aniden onu çıkarmak istedim.

Her şeyin bitmesini istedim.

Parmaklarımı eteğimin yan fermuarına götürdüm ama kıpırdamadı.

Eteği aradım.

Sinirli bir şekilde onu güldüren bir küfür savurdum.

Gerçeklik sese müdahale etti ve ne kadar çabuk teslim olduğumu fark ettim.

Düşünce beni çileden çıkardı: Ah, buna ne kadar bayılıyor olmalı!

Öfkeyle fermuarı açtım ve aşağı baktım, gözlerini gördüğümde alaycı bir şeyler söylemeye hazırdım.

Orada kahkaha yoktu, zafer yoktu, sadece ham, çıplak ihtiyaç vardı.

Beni çok etkiledi.

Hava ciğerlerimden bir mırıltı halinde çıktı.

sikilme ihtiyacıyla çözüldü .

O an hava değişti.

İhtiyacımız olan çırayla kıvılcımlar saçarak elektriklendi.

Eteğimin yan tarafını yırttım.

Havayı yırtan delici bir ses ama umursamadım.

Her şeyin bitmesini istedim.

Her şey bitti.

Şu anda.

Eteğimi indirmeme yardım etti.

Ayaklarımın dibinde birikerek beni sadece topuklarım ve dizlerime kadar ayakta bıraktı.

Ayakkabılarımı çıkarmaya gittim ama başını salladı ve kelimeyi ağzından kaçırdı.

"HAYIR".

Basit külot giyiyordu.

Süslü bir şey yok, dantel yok, sadece pembe pamuklu ama yine de onu inletiyor.

Bu sesle bir zevk dalgası hissettim.

Parmakları bluzuma saldırıp inci düğmelerini tam bir küçümsemeyle çekiştirdi.

Bluzumu açarken raftan bir çıtlama duydum.

Sonra ayağa kalktı ve gömleği omuzlarıma attı, tamamen çıkarmak için elini kollarımda gezdirdi.

Uzaklaştı ve bana baktı.

Parmaklarımı masanın kenarına geçirerek üzerimi örtme dürtümle savaştım.

O dolana kadar izlerken zaman durdu.

Ofisteki sessizliği nefesimin uğultusu bozdu.

Beklemek.

Zaman.

Meme uçlarım acıyla şişti, ıslak amımı bekliyordum.

Beklemeye alışkın değildi.

Kontrol kolay kolay vazgeçebileceğim bir şey değildi.

Onun hamlesini yapmasını beklerken titreyen bir ip kadar gergindi.

Yakınlarda durmak için geri döndüğünde hareketleri kasıtlı olarak yavaş görünüyordu.

Sanki kıyafetlerimi çıkarma dürtüsünden sonra sakinleşmişti.

Konuşmadı, bunun yerine ellerini tenimde kaydırırken belli belirsiz zevk sesleri mırıldandı.

Topografyamı haritalandırırcasına beni inceledi, parmakları her eğimi ve kıvrımı yoğun bir konsantrasyonla takip etti.

İnledim ve parmaklarımın güneye hareket etmesi için sabırsızlanarak kalçalarımı kaldırdım.

Kalçalarımın ısrarlı hareketini görmezden geldi ve eziyet verici derecede yavaş keşfine devam etti.

Parmakları karnımın kıvrımından aşağı kayarak külotumun elastik kenarına değdiğinde inledim.

"Evet".

Daha derine ineceğini ve sonunda amıma dokunacağını düşünmüştüm ama bunun yerine ellerini kalçalarıma getirdi ve beni masanın önünde durmam için çevirdi.

Parmakları alaycı bir şekilde kıçımda gezindi ve sonra ayak bileklerimi kavramak için aşağı kaydı, bacaklarımı daha da ayırdı.

Dirseklerimi masasına yaslayarak dengemi sağlamak için öne eğilmek zorunda kaldım.

Masaj yapan eller baldırlarımda yukarı çıktı, yetenekli parmaklar zaman neredeyse sıvılaşana kadar kasları kazdı.

Dizlerime geldiğinde ağzını devreye soktu ve hassas kıvrımın üzerine ıslak öpücükler bıraktı.

Kalçamı sallamaktan kendimi alamadım, bedenim düşünmeden hareket etti, zevkle sallandı.

Başparmakları kaslarıma girip düğümleri ve ağrıları yatıştırırken iç çektim.

Parmaklarının gittiği yerde ağzını takip ettim, öptüm, ısırdım, yaladım ve sonunda sakalını okşadım.

Elleri popomu kavramak için uzandığında külotumu çıkarmasını bekledim.

O yapmadı.

Bunun yerine başparmaklarını genç külotunun kare kenarının altına kaydırdı ve kaldırdı.

Kumaş kalçalarımın arasına sıkışıp ıslak yarığım ve zonklayan klitorisime doğru sallanana kadar çekiştirdi.

Yıkıcı bir etkiyle külotumu çekiştirirken nefesim kesilerek parmak uçlarımda yükseldim.

Böyle gelebilirdim.

Islak bez klitorisimi okşadığında anladım.

Nefes nefese kalmam ve inlemelerimle onu zorlamaya çalışarak geri çekildim.

"Evet. Evet," diye inledim, yaklaşmakta olan bir orgazmın başladığını hissettim.

kıçıma tokat atarak durdu .

"Henüz değil," dedi ve çığlık atma isteğimi tam anlamıyla bastırarak dişlerimi acıyla alt dudağıma geçirdim.

Tek hareketle külotumu çıkardı.

İki eli de kenarlarından tuttu ve hızla aşağı çekti.

Bacağıma dokundu, külot, sınıra kadar gerilmişti, dizlerime ulaştı.

Yeterince hızlı hareket edemediğim için külotumu köşebentinden yırttı.

İki kalıntı ayakkabımın üzerine düştü.

İtiraz edecek vaktim yoktu.

Kıçım çıplak kaldığı anda bacaklarımı daha da içeri kaydırdı ve yüzünü popomun içine gömdü.

Elleri kalçalarıma gitti, parmaklarını uzatarak onları daha da açtı.

Dili kıçıma değdiği anda şok içinde çığlık attım.

Küçük dönüşler.

Kendimi onun diliyle aynı anda çalarken buldum:

"Uh-uh-uh-uh..."

Duygu inanılmazdı.

Hiç böyle bir şey hissetmemiştim.

Ağzına doğru salladım.

Ellerim uzandı ve masayı kavradı.

Kâğıtlar sallanan kollarımın altından kaydı ve parmaklarımın arasında buruştu.

Bir el bacaklarımın arasına girmek için kıçımı terk etti.

Başparmağı, sanırım onun başparmağıydı, ıslak kedime daldı ve sonra klitorisime indi.

Dili anüsüme bastırırken şişmiş yumruğu daire içine aldı .

Dilinin ısrarlı hareketiyle gergin anüsün gevşediğini hissettim.

Dil.

Klitorisimin başparmağı.

yenik düştüm

Ağzım tahtaya bastırdı.

Hayvan sesleriyle, kelimeler olmadan, ciyaklamalar ve hırıltılar olmadan ağladım.

"Uh, uh, uh, eeeeee", dilinde anüsümün kasıldığını hissettim.

Başparmağı klitorisime son bir vuruş yaptı ve ardından parmaklarını amıma dalmak için aşağı daldırdı.

Orgazmı eline sürdüm, parmaklarına sıkıştırdım.

Bitkin bir halde öne doğru kaydım ve masasının üzerine gövdeme çökerken yere daha fazla kağıt düşürdüm.

Ben bu şekilde masasına uzanmışken, o arkamdan geldi.

Kalçalarımın arasına sıkışmış ereksiyonunun baskısını hissettim.

Sert sikinin tam oradaki hissi bana henüz ödenmemiş bahsi hatırlattı ve gerildim.

# BÖLÜM VIII

Elini artık sertleşmiş olan sırtımdan aşağıya, omurga boyunca gezdirdi.

"Rahatla," dedi yavaşça omurgamın çıkıntısından yukarı çıkarken.

rahat edemedim

Tek düşünebildiğim onun aletinin boyutu ve benim kıç deliğimin boyutuydu, bu da beni ürkütüyordu.

Ağzı boynumun dibinde, üzerime eğildi ve mırıldandı:

"Tamam. Seni incitmeyeceğim. Seni asla incitmem."

Eli sırtımı okşamaya devam ederken konuşmadan kaskatı kesildim

.

Hala sutyenimi takıyordum.

Tokayı hareket ettirmek için kayışlarda durdu.

Askıları çözdüğümde ellerini omuzlarıma getirdi ve hafifçe sıkarak beni ayağa kaldırdı.

Beni sertçe kendine çekerek kendine çekti.

Otururken sutyen gevşedi ve göğüslerimi avuçlamak için ellerini hareket ettirdi.

Başparmakları meme uçlarımın sertleşmiş uçlarında gezindi.

Hâlâ tamamen giyinikti.

Kemer tokası sırtımın alt kısmına soğuk geldi.

Kalçasını bana doğru çevirdi ve aletini popomda yavaş daireler çizerek itti.

Ağzı boynumdan aşağıya doğru hareket ederken vücudumu saran gerginlik yavaşça azaldı.

"Çok güzel," diye mırıldandı.

Parmaklarını ıslak dudakların arasında kıvırarak, iki parmağının ucunu kısaca içeri daldırarak amımı fincanlamak için uzandı.

Ona daha fazla erişim sağlamak için parmak uçlarımda yükseldim, öne doğru eğildim ve beni kaldıracağına güvendim.

"Evet," dedi, göğüs ucumu sol göğsümün üzerine sıkıştırırken, inanılmaz bir his tüm vücudumu kapladı.

"Eğil," dedi parmakları amımdan ayrılıp sırtımın alt kısmına yerleşirken.

Kalçalarım masanın kenarına değene kadar beni nazikçe ileri itti.

Beni ona ihtiyacım olan yere konumlandırmasına izin vererek rahatladım.

Tekrar dizlerinin üzerine düştüğünü hissettim.

Elleri, başparmakları amımın yarığına dayanana kadar iç uyluklarımdan aşağı doğru ilerledi.

Önce bir başparmağını, sonra diğerini içeri kaydırdı.

Daha fazla itmesini bekledim ama yapmadı, onun yerine ıslak parmaklarını kıçımla giriş arasında kaydırdı.

Islak başparmaklarını hassas deliğin çevresinde dolaştırdı.

Geri ittim ve başparmağım kas halkasının içinde kayana kadar basınç arttı.

İşgal karşısında nefesim kesildi ama itiraz etmedim.

Önce birini, sonra diğer parmağını içeri iterek oynadı.

Daha fazlasını istedim, çok daha fazlasını.

Kısa süreli baskı yeterli değildi.

Dolu olmak istedim.

"Jeremy için..." diye konuşmaya başladım ve sonra nefesim kesildi.

"Ne tatlım, ne istiyorsun?"

Cevap vermedim.

Kolumu alnımın dayandığı yere getirdim ve eti ısırdım.

Anüsüme alaycı küçük itmelere devam etti.

Vücudum daha fazlasını isterken kendimi geri ittim.

"Söyle," dedi ve o sözleri söylemezse bana daha fazlasını vermeyeceğini biliyordum.

Direndim, ileri doğru sallandım.

Kasık kemiğim masanın kenarına çarptı ve kendimi biraz sürüklersem başarabileceğimi fark ettim.

Kalçamı hareket ettirdim ama planımı sezmiş gibi kalçalarımı tuttu ve beni hareketsiz kalmaya zorladı.

yarığımı uzun uzun emmek için eğildi .

Homurdandım ve dili kıçıma dönmeye devam ederken nefesim kesildi.

Ağzı kıçımdan çıktı ve devam etmesi için kalçalarımı geriye doğru salladım.

Beni tekrar tuttu ve şöyle dedi:

"Söyle bana".

Zihnim hala reddederken vücudumun çığlık atmasına izin verdim.

Ayağa kalktı ve ben de başımı masadan kaldırıp omzumun üzerinden baktım.

Bir noktada aletini bir prezervatifle sarmıştı, pantolonu kalçalarının üzerinde açıktı ve lateks kaplı aleti kalın ve sert bir şekilde sallanıyordu.

Kaygan ellerini ereksiyonunun üzerinde gezdirirken irileşmiş gözlerle izledim.

Sözcükler boğazımda düğümlenirken öne uzandı ve penisinin geniş, kaygan kafasını anüsüme bastırdı.

Ucu çok hafif bir şekilde popomun içine doğru iterek kalçalarını salladı.

Gerilmeyi, dalmayı bekledim ama artık hareket etmedi.

Ona baktım, kararlı mavi gözlerle karşılaştım.

"Lütfen söyle bana," diye soludum, "beni seviyor musun?"

"Lanet olsun," diye homurdandı, "inatçı kıçını becermek istiyorum."

Yeterliydi.

Yeter ki teslim oldum.

"Al. Lütfen al, Jeremy, beni al."

Yavaşça, çok yavaşça öne doğru sallandı ve aletinin başını kıçıma doğru itti.

Bu süreçte nefesim kesildi.

kaşıntıda

Kaygan bir pop sesiyle gergin kas halkasının içinden kayarak acıyı hafiflettiğinde, ona daha fazla bir şey söylememek üzereydi.

İçimde sallanırken elini sırtımın alt kısmına uzattı.

Ne kadar iyi hissettirdiğine şaşırarak dolgunluk hissinin tadını çıkardım.

Kalçalarımı kavrayıp itmeye başladığında yavaş sallanma hissine alışmaya çalışıyordum.

Boynu boyunca beni içeri ve dışarı itti.

Her dibe vurduğunda kemer tokası tıkırdadı.

Her itiş klitorisimin kökünü masaya getirdi.

Yükselen bir orgazm hissettim.

Beklentiyle sıktım ve bunu yaparken inlediğini duydum.

O tekrar yaptı.

Her itişte, sadece inlediğini duymak için kıçımı sikinin etrafında sıkardım.

Bana sert bir şekilde vurdu, onun vuruşlarıyla tutuşlarımı zamanlamaya o kadar odaklanmıştım ki, orgazm neredeyse hiçbir uyarı vermeden üzerime geldi.

Nefesim kesildi, arkama yaslandım ve orgazm sırasında kıçımın aletinin çevresinde garip ve şaşırtıcı bir şekilde sıkışma hissini hissettim.

Homurdandı, itti ve kaslarım onun boyunda titrerken durdu.

Orgazmım azaldığında yeniden başladı.

Ritm zorlamadı.

Kısa ve sonra uzun.

Derin ve sonra sığ.

Ta ki gırtlaktan inleyerek bağırana kadar:

"Boşaldım!"

Üzerime çöktü ve beni masaya yasladı.

Boynuma ve kürek kemiğime öpücükler yağdırdı, arada bir durup tenimdeki teri yaladı.

Üzerimdeki ağırlığının tadını çıkararak hareketsiz kaldım.

ayağa kalkarken, kondomu çözüp giysilerini düzeltirken ben de masada çıplak ve bacak bacak üstüne atarak durdum .

Ancak o masasında otururken nihayet ayağa kalktım.

Sol göğsüme bir parça kağıt yapıştırılmıştı.

Yüce olandan gülünç olana gitmişti.

Onu çıkardım, ona verdim ve şöyle dedim:

"Umarım bu önemli değildir."

Gülümseyerek elimden aldı.

Önce külotumu aradım, sonra iki parça olduğunu fark edince düzleştirilmiş eteğimi giydim.

Fermuarı sadece yarıya kadar kalktı, üstten koptu.

Gömleğim de harika değildi, iki düğmesi eksikti ve göğüslerimin önünde açık duruyordu.

bakarken , Jeremy masasından kalkmış ve takım elbise ceketini almıştı.

Bana verdi ve giydim.

Hasarın çoğunu örten orta uyluğuma geldi.

Çok uzun olan kollarımı sıvarken, Jeremy tekrar karşımdaki masaya oturdu.

"Yani," dedi aniden kendinden o kadar emin görünmeyerek.

"Yani," dedim tekrar.

"Bunun için bir on ay daha beklemek istemiyorum."

Ağzım hafifçe düştü.

Kapattım ve yanıt vermenin bir yolunu bulmaya çalıştım.

"Nancy, hayatım, sen tanıdığım en inatçı, beceriksiz kadınsın."

Öfkelendim, buna cevap verecek kelimeleri kolayca buldum!

Uzanıp parmağını sessizce dudaklarıma koyduğunda, onun hakkında bazı gerçekleri söylemek için ağzımı açtım.

"Beni seviyorsun. Seni seviyorum. Kahretsin, itiraf edeceğim! Seni sevmekten daha çok. Seni seviyorum. Her türlü inatçılığın. Hadi deneyelim."

Sözleri söylediğinde, istediğim şeyin bu olduğunu biliyordum.

Gerçekten ne istiyordum.

"Gerçekten mi? Sen ciddisin," diye fısıldadım.

"Tatlı kıçına bahse girerim," dedi, tutkulu, eriyen bir öpücükle ağzımı tutmam için beni öne doğru çekti.

"Evet," diye mırıldandım dudaklarına doğru.

Beni bir kez daha öperek, "Sonunda onu tanıdın," dedi.

# SON